El niño del ajedrez

Màrius Carol

El niño del ajedrez

Màrius Carol

Traducción de Rosa María Prats de la Iglesia

Ediciones Destino
Colección Áncora y Delfín
Volumen 1658

Título original: *El nen dels escacs*

Ediciones Destino, un sello editorial de Editorial Planeta, S. A.
Avda. Diagonal, 662-664, 08034 Barcelona (España)
www.planetadelibros.com
www.edestino.es

La traducción de esta obra ha contado
con una ayuda del Institut Ramon Llull.

institut
ramon llull
Lengua y cultura catalanas

Primera edición: septiembre de 2024
ISBN: 978-84-233-6566-1
Depósito legal: B. 14.283-2024
Composición: Realización Planeta
Impresión y encuadernación: Rodesa, S. L.
Printed in Spain - Impreso en España

¡Cómo imaginarse a un hombre, a un hombre inteligente, que invierte toda la energía potencial de su raciocinio durante años, sin volverse loco, en el objetivo ridículo de empujar a un rey de madera al rinconcito de un tablero de madera!

STEFAN ZWEIG

Para la mayoría de los hombres, la guerra es el fin de la soledad, para mí es la soledad infinita.

ALBERT CAMUS

Nunca creas que una guerra cualquiera, por justificada que parezca, deja de ser un crimen.

ERNEST HEMINGWAY

I

Una fotografía amarillenta dentro de un libro

Los periodistas contamos historias, historias que, a ser posible, nos despierten la curiosidad, nos emocionen y nos hagan pensar. Los periodistas soñamos con narrar historias que pasan en la otra punta del mundo, pero a menudo las mejores ocurren cerca de casa.

De las muchas crónicas que he escuchado y he podido leer sobre la guerra civil, una de las que más me ha impresionado me la contó mi suegro. De hecho, es un relato que no termina con los combates, sino diez años después, que es el tiempo que su padre estuvo escondido en casas y bosques del Penedès con el fin de salvar su vida. Era el sastre de Sant Sadurní d'Anoia y, además, concejal desde las elecciones municipales que dieron la victoria a las candidaturas republicanas en abril de 1931. Poco antes de que las tropas nacionales entraran en el municipio al terminar la guerra, los dirigentes de Esquerra Republicana le recomendaron que huyera a Francia, cosa que intentó, aunque finalmente tuvo que desistir.

Como su esposa no quería partir con dos niños

pequeños hacia un futuro incierto, Antoni decidió esconderse para salvar el cuello. A sus hijos, la madre les contó que su padre había muerto huyendo camino de la frontera a manos de los fascistas. Fue una forma de garantizar que nunca pudiesen decir nada que pusiera en peligro su vida.

El chico, de siete años, se convertiría al cabo del tiempo en mi suegro. Mantuvo una relación con su padre sin saberlo mediante misivas en las que este le hacía llegar jugadas de ajedrez que el hijo debía resolver. El niño había aprendido a jugar en casa y tenía una gran confianza en sí mismo. Pero jamás se le pasó por la cabeza que el hombre con el que jugaba partidas a distancia fuera su padre, que intentaba sobrevivir, siempre con el miedo en el cuerpo de que lo descubrieran y acabar en prisión o fusilado ante la valla del cementerio. El niño creyó en todo momento que su maestro de ajedrez era un amigo de la familia, hasta que un día, una década más tarde, reapareció en el pueblo el verdadero jugador: su padre. Pero ni siquiera entonces pudo disfrutar de su calidez, porque desgraciadamente la historia concluyó ahí. En esos instantes, nadie podía imaginar que el destino le tuviera reservado un jaque mate a ese jugador tan bueno.

Medio siglo después de aquel día en que Antoni Lloret reapareció en el pueblo para decir que estaba vivo y que quería reintegrarse a la vida civil, se publicó un libro titulado *Retrats 1865-1997. Crònica il·lustrada de Sant Sadurní d'Anoia.* El padre de mi mujer, Anton, nos invitó un domingo a comer en su piso de la avenida de la República Argentina, en

Barcelona, y regaló un ejemplar a cada uno de sus cinco hijos. Pero, antes de entregárselo, quiso leer en voz alta un par de páginas que el historiador Carles Querol dedicaba a su padre.

Era un acto de orgullo ante su familia. Le habíamos oído contar buena parte de las historias que allí se relatan. Su padre había sido un héroe local, al que no se le había reconocido la injusticia que le tocó vivir ni la impecable hoja de servicios que le había dedicado al pueblo que le vio nacer. Pero finalmente, medio siglo después, tenía el homenaje de su ciudad, que había patrocinado la obra. Para mi suegro, aquellos párrafos constituían un verdadero acto de desagravio:

> Lloret decidió desaparecer en 1939, justo cuando las tropas franquistas entraban en Sant Sadurní, temeroso de la barbarie fascista. Permaneció escondido, primero en un recinto camuflado en su casa y después en el pajar de una masía del Torrent Fondo, en Sant Llorenç d'Hortons, y esporádicamente también en Barcelona. Y esto durante diez años. ¡Diez años! Solo su madre y su mujer conocían su escondite, y consiguieron mantenerlo en secreto a pesar de los registros y las amenazas de los falangistas y la Guardia Civil.

Mi suegro leyó el texto de pie, frente a la mesa. Quería darle la máxima solemnidad a ese íntimo acto familiar que certificaba lo que nos había contado durante años. Debía de pensar que no habían dado la importancia que se merecía a la figura de su padre, a lo que hizo y representó. Hasta ahí pudo leerlo de un tirón; a partir de ese instante, le fue más difícil controlar las emociones. Mi suegra lo miraba paciente y cariñosa, sabiendo lo mucho que representaba para su marido aquel reconocimiento escrito de la figura paterna. Bebió un trago de agua y continuó:

> En abril de 1949, los familiares, los amigos y el abogado de Antoni Lloret coincidieron en la opinión de que después de diez años no había motivos para mantener aquella situación y optaron por plantear su vuelta a las autoridades franquistas de la villa, a través del párroco de la parroquia, mosén Lluís Maria Vidal, al que dieron garantías de que por el hecho de no haber ningún proceso abierto, ni ninguna denuncia, ni ninguna constancia de la participación de Lloret en actos criminales durante la guerra, su aparición pública no tendría consecuencias.

Llegado a este punto, vi que mi suegro empezaba a quebrarse. Tenía los ojos llorosos y se le rompía la voz. La emoción que los recuerdos hacían aflorar en ese rostro surcado por tanta vida me conmovió. Pero aún pudo leer un párrafo más:

> Lloret tomó la decisión de volver el domingo 24 de abril de 1949. Acompañado por su abogado y un amigo de la familia, se presentaron en el ayuntamiento, donde las autoridades le comunicaron que ante todo era necesario que se personara en el cuartel de la Guardia Civil de la calle de Sant Antoni, donde ya se

habían reunido a toda prisa algunos falangistas de la villa. Cuando sus familiares consiguieron verlo, Lloret les advirtió que de aquella no saldría vivo, ya que los falangistas habían estado discutiendo sobre lo que había que hacer con él, sin medir el tono ni el contenido de sus palabras, de tal modo que el detenido lo escuchó todo y tuvo un trágico presentimiento.

—La memoria no puede ser un gran cementerio, no basta con recordar a la gente que amamos. También hay que preservar las vivencias y reivindicar su protagonismo, sobre todo cuando se trata de personas a las que los vencedores de la guerra quisieron borrar de los libros de historia para no tener que reconocer su ignominia —proclamé yo en voz alta, con voluntad de desagravio.

Fue muy emotivo. A mi suegro le habíamos oído contar episodios de la guerra, pero seguramente no le habíamos hecho el caso que merecía. A veces, no escuchamos a la gente mayor como deberíamos, olvidamos que buena parte de lo que somos y de lo que hemos conseguido, como familia y como país, se lo debemos a ellos. Por eso, que en el libro patrocinado por el Ayuntamiento de Sant Sadurní aparecieran fotografías de su padre junto a Pau Casals o Francesc Macià, pero que, además, se relatara la odisea que le tocó vivir y que se le tratase como a un héroe, era una forma de dar valor a su lealtad a Cataluña y a la República, al compromiso social y político de su vida. También un modo de darse valor a sí mismo, ya que no siempre sus hijos le prestaban atención, a pesar de las muchas veces que había querido hacernos partícipes de una tragedia que a todos nos parecía lejana en el tiempo y maquillada por falsos recuerdos.

Pero el autor del texto de *Retrats* no era solo un investigador reconocido, sino que además había sido el primer alcalde democrático. Lo fue durante dieciocho años. Y no solo había tenido acceso a documentos incuestionables, sino también a testimonios de conciudadanos que vivieron una guerra extremadamente cruel, ya que fue entre hermanos, amigos y vecinos, y una posguerra casi aún más dura, epílogo inacabable de un relato de odios y revanchas que ni el tiempo ha sido capaz de difuminar.

Ese almuerzo no fue uno más. No solo para el hijo del sastre Lloret, sino para el resto de los miembros de la familia, que encontraron en la historia de aquel hombre bueno un elemento de unión y de cohesión. Antes de volver a casa, mi suegro quiso mostrarme un viejo papel de libreta que guardaba junto a otros objetos inverosímiles en una caja de galletas de lata. Se trataba de uno de los problemas de ajedrez que su padre le hacía llegar cuando estaba escondido en casa sin que él lo supiera: el dibujo de un tablero y de una serie de piezas. Era una jugada en la que había que proteger al rey de las piezas negras con un enroque para no acabar con un jaque mate al tercer movimiento.

—Pude rescatarla de la buhardilla, tras la muerte de mi padre. Unas semanas después, cuando se sintió bastante fuerte, mamá nos contó a mi hermana Antònia y a mí cómo tuvo que vivir durante su desaparición de la vida pública. Y en el escondite, en el bolsillo de una americana de pana, encontré uno de los problemas de ajedrez que debía resolver.

—¿Y nunca sospechó que quien se los enviaba podía ser su padre? —le pregunté.

—La verdad es que no. De hecho, no supe que estaba vivo hasta que fui mayor de edad. Mi madre quiso protegerlo a él y también a mí, y me dijo que mi padre había muerto en la huida hacia Francia. Y yo no tenía por qué dudar de ella. Sí que pregunté más de una vez por aquel supuesto amigo suyo que me enviaba los problemas de ajedrez y al que no conocía. Pero por toda respuesta me dijo que era un amigo de Barcelona, que fue una de las últimas personas que había visto a mi padre con vida y que le había contado mi afición por el ajedrez. Durante muchos meses estuve recibiendo cada semana una carta con una nueva jugada que me obligaba a pensar en cómo resolverla antes de mover ninguna pieza del tablero.

—Está claro que, a veces, los tesoros no son de oro y piedras preciosas —le dije, viendo el cuidado con el que había desplegado aquella hoja de papel y la manera en que la miraba, mientras nos dábamos un abrazo en el recibidor de casa.

Por desgracia, mi suegro murió al cabo de poco. Días después de despedirle, tuvimos que abordar la ingrata tarea de vaciar el piso de la ropa y los objetos de los que la familia quería desprenderse. En un estante, encontré un ejemplar de *Por quién doblan las campanas* de tapas descantilladas. Hemingway es uno de mis autores preferidos, tanto en su faceta de periodista como de escritor, y se me fueron los ojos hacia el libro sin poder evitarlo. Al hojearlo, vi una fotografía amarillenta en su interior, como si fuera un punto de libro. Aparecían cinco hombres bebiendo champán en medio de unos viñedos. Me llamó la atención el de la izquierda, porque hubiera jurado que era Ernest Hemingway, aunque se veía de perfil. ¿Hemingway en el Penedès? ¿Con el padre de mi suegro?

Llevado por la curiosidad, pregunté si podía quedarme el libro; nadie puso ningún inconveniente. El retrato me cautivó, era una especie de desayuno improvisado sobre la hierba. ¿Por qué guardaba esa foto mi suegro? ¿Acaso su padre había conocido al escritor estadounidense? Desconocía que Hemingway hubiera escrito nada de su paso por Sant Sadurní, donde había nacido mi suegro. Al menos, yo no recordaba ninguna referencia en sus crónicas de la guerra civil, recogidas en *Enviado especial*, un libro que tenía por casa. Pero era evidente que el retrato se correspondía a aquellos días, porque uno de los cuatro personajes que le acompañaban iba vestido de militar. Por su aspecto, el resto podían ser también periodistas, aunque iban demasiado arreglados para ir a ninguna guerra. Las ganas de saber más se apoderaron de mí en ese mismo instante.

¿Qué voy a decir de mi pasión por el periodismo? ¿De mis ganas de conocer el mundo que me rodea? ¿Y de mi curiosidad por el pasado? Además, consideraba que tenía una especie de deuda con mi suegro después de nuestra conversación sobre el destino de su padre. Yo disponía de más tiempo que antes, al no tener ya la responsabilidad de dirigir un diario, y decidí escribir sobre lo que ocurrió, intentar averiguar qué era real y qué era leyenda en un relato familiar impresionante, sabiendo que tal vez habría detalles que no me gustaría descubrir. Porque, además de ser concejal, Antoni Lloret perteneció circunstancialmente al Comité de Milicias Antifascistas y lo acusaron de estar detrás de algunas muertes, episodios de los que la gente habla en voz baja, rumores que habían circulado por el pueblo. Necesitaba saber si había alguna sombra de culpabilidad en las actuaciones durante la guerra del padre de mi suegro. Del abuelo de mi mujer. Del bisabuelo de mis hijos.

Como dijo un gran maestro del ajedrez, en este juego, igual que en la vida, es necesario saber detectar el peligro y alejarse veinte jugadas antes de que se manifieste. La pena, la gran pena, es que el padre de mi suegro desconocía tal sentencia, de modo que en la última jugada perdió la partida. Y, lo más importante, la vida.

2

El inicio de la investigación

Al día siguiente de encontrar la fotografía, después de escribir mi columna en el periódico, cogí el coche para desplazarme hasta Vilafranca del Penedès, donde se encuentra el Archivo Comarcal del Alt Penedès. Si había alguna información sobre el paso de Hemingway por aquellas tierras y, ya puestos, acerca del padre de mi suegro, este era un buen lugar para empezar la búsqueda. Para mi sorpresa, cuando mostré la imagen a la archivera y le pregunté si aquel hombre de la izquierda de la foto podía ser Hemingway, me dijo que había acertado, pero que no pensara que había hecho ningún descubrimiento. Lo sabían todo sobre la fotografía, cuyo original estaba en ese archivo.

—¡Por supuesto que es él! —me dijo la chica con una sonrisa—. Los que aparecen en la imagen son Ernest Hemingway, el fotógrafo Robert Capa y los periodistas anglosajones Vicent Sheean y Herbert Matthews. El militar que se ve a la derecha es el coronel brigadista Hans Kahle, que los llevaba en coche hasta el frente del Ebro. Y el autor de la instantánea fue el periodista británico Henry Buckley;

la hizo hacia el mediodía del 5 de noviembre de 1938.

Me quedé sorprendido y sentí crecer mi curiosidad por la historia de aquella imagen. Ella siguió contando:

—Parece que salieron por la mañana de su hotel en Barcelona, el Majestic, donde se alojaban muchos corresponsales de guerra, y pararon en Sant Sadurní para comprar champán. Un rato más tarde almorzaron en un campo de viñedos cerca de Vilafranca, que es donde tomaron la fotografía.

La archivera incluso tuvo la gentileza de mostrarme el retrato original, que tenía más calidad que la copia, al tiempo que me decía que, si me interesaba saber más sobre el autor de la instantánea, disponía de bastante documentación acerca de su estancia en España como corresponsal de *The Daily Telegraph*.

—No es casual que la documentación de su periplo fuese a parar al Penedès: Buckley conoció a su esposa en Sitges durante la guerra y, después de dar vueltas por el mundo, quiso retirarse allí en 1966, una vez que la reina Isabel II le nombró miembro de la Orden del Imperio Británico —me explicó.

Pregunté si podía ver el material que el periodista inglés había donado, y ella me trajo una caja en la que se apilaban unas cuantas fotografías, un pliego de cartas y el original de una especie de memorias. Busqué las páginas en las que Buckley podía referirse a su estancia en Sant Sadurní. Me senté y abrí ese montón de hojas mecanografiadas. Hacia el final, leí:

Aquel verano de 1938 fui consciente sobre todo del gran sufrimiento humano que causaba aquella guerra. Al verme con aspecto de extranjero, una viuda me paró en la calle para preguntarme por la guerra y saber cuánto tardarían las tropas de Franco en entrar en Barcelona. Luego me explicó que a su marido lo habían matado los «rojos» en los primeros días de la revolución y que por eso quería saber cuándo entrarían los suyos en la ciudad. Llegué al hotel y la camarera quería que le hablara de los últimos triunfos del ejército republicano. A ella, la Falange le había matado a sus dos hermanos. Los habían asesinado en Pamplona poco después del levantamiento. En el frente, las cosas eran más simples, porque todo se reducía al enfrentamiento entre dos ejércitos...

Buckley había hecho el mejor resumen de esa guerra en un párrafo. Un país dividido por una contienda entre hermanos que parecía no terminar nunca. Un verdadero disparate en el que todo el mundo tenía mucho que perder mientras el territorio y su gente se desangraban. A su vez, en aquellos combates se probaban nuevos artefactos mortíferos y nuevas estrategias bélicas, como si la guerra civil española fuera el ensayo general de una gran tragedia a punto de empezar en el corazón de Europa.

Adelanté unas cuantas páginas y me encontré con el relato de los bombardeos continuos de la aviación franquista sobre los puentes de barcas por los que habían pasado las tropas republicanas, en un intento de ocupar posiciones clave en las montañas que van de Mequinenza, donde el Segre se junta con el Ebro, hasta Miravet. El éxito de la operación se explicaba por la rapidez del asalto del general Líster. Un observador le dijo al periodista que había contado ciento sesenta aparatos volando al mismo tiempo, sin que las pocas baterías antiaéreas de la República y sus escasos cazas pudieran hacer nada para detenerlos. Pero la operación no resultó tan fácil como podía pensarse: era preciso afinar mucho la puntería, y los republicanos habían construido falsos pontones de cuerda en distintos enclaves del Ebro que les hicieron desperdiciar muchas bombas.

En este punto, Buckley recordaba una anécdota del día que Hemingway, Capa y el resto de los corresponsales que aparecían en la fotografía pasaron un par de horas en Sant Sadurní, yendo hacia el frente del Ebro, para encontrarse con Enrique Líster, un verdadero mito al mando del Quinto Regimiento, con quien querían conversar. Con él estaba el general Modesto, un madrileño bajito, carpintero de profesión, que tras el fracaso de la huelga revolucionaria de 1934 había viajado a Rusia, al igual que Líster, para recibir educación militar. Cito textualmente del original:

> Queríamos entrevistar a Líster, que ocupaba posiciones en el otro lado del río con su división. Los corresponsales de prensa nos subimos a una barca: Sheean, Matthews, Hemingway, Capa y yo, además de Kahle, el militar que nos llevaba al frente. En plena travesía, nos dimos cuenta de que la corriente arrastraba la barca hacia los restos de un puente que

la aviación nacional había destruido y que teníamos riesgo de naufragar entre aquellos escombros. Y si añadimos que los aparatos franquistas nos pasaban por encima, se comprenderá que nuestra posición no era nada cómoda. El soldado que remaba no tenía mucha idea de lo que hacía, así que Hemingway lo apartó de un manotazo, se sentó en su sitio, empuñó los remos y empezó a bogar con furia hasta que llegamos al otro lado. Aquel escritor americano era así: ponía el corazón en todo lo que hacía, tanto si se trataba de enseñar a unos milicianos a emplazar una pieza de artillería como de sacar de un atolladero a un grupo de colegas incautos.

Esta escena pasó el mismo día que brindaron en Sant Sadurní por haber salido sanos y salvos de la incursión en el frente del Ebro hasta las montañas que dominaba Líster. Estuve leyendo y tomando notas hasta que la archivera dijo que iba a cerrar. Muy agradecido por su amabilidad, me despedí de ella.

Mientras volvía con el coche y la noche caía sobre el Penedès, la cabeza me hervía pensando en cómo se habían jugado la piel los corresponsales durante la guerra civil. Todas las guerras son peligrosas para quienes intentan vivirlas para contarlas. Pero la inacabable batalla del Ebro fue especialmente dramática: cualquier error, como una ruta equivocada, podía convertir ese día en el último de una vida. El frente se iba modificando jornada a jornada y se adelantaba metro a metro. Los periodistas extranjeros, excepto los alemanes o italianos, eran sospechosos de simpatizar con los republicanos. Hemingway y sus colegas se arriesgaban, aunque, es justo decirlo, de forma controlada.

En 1937, Hemingway estaba en España trabajando como corresponsal para la NANA, la North American Newspaper Alliance, y durante un año y medio escribió unas treinta crónicas que se publicaron en varios periódicos. Los textos tenían unas ochocientas palabras —hay que recordar que se enviaban telegráficamente—, y él era un privilegiado, ya que cobraba unos quinientos dólares por pieza, en ocasiones incluso mil, cuando al resto de los corresponsales se les pagaba diez veces menos. En aquella época, era mucho dinero, la verdad. Su última crónica fue escrita en otoño de 1938, cerca de Amposta, y él fue uno de los últimos periodistas en abandonar el territorio de la batalla del Ebro. Ese día, el escritor hizo una reflexión tan dura como cierta: «Había muchas razones para dejar Tortosa y dirigirse a Barcelona, incluyendo la vida, la libertad y la búsqueda de la felicidad».

Mientras conducía, iba recordando al premio nobel de literatura de 1954 y repasando la parte de su obra que se inspiró directamente en la guerra civil: escribió el guion de la película *The Spanish Earth* (Tierra española, 1937), la obra de teatro *The Fifth Column* (La quinta columna, 1938), la novela *Por quién doblan las campanas* (1940) y el cuento *El viejo en el puente* (1938). Una trayectoria admirable como periodista y escritor. Un verdadero icono.

Llegué a Barcelona casi sin darme cuenta. En homenaje a Hemingway, me preparé un daiquiri como el que me había tomado en el Floridita de La Habana veinte años atrás y me sentí a punto para empezar a escribir este relato, aunque tendría que investigar mucho para reconstruir qué se escondía detrás de la muerte del padre de mi suegro.

3
La guerra se vivía en casa

Ya fuera por el daiquiri, ya fuera por la soledad de la noche, que puede despertar viejos recuerdos, me dio por rememorar la vivencia que de la guerra civil teníamos en casa. De niño, en ocasiones, sufría pesadillas al respecto, seguramente porque, pese a que yo no había vivido jamás ningún conflicto armado, en casa se hablaba mucho de sus estragos y sus miserias. También de las pequeñas heroicidades que se llevaron a cabo para sobrevivir a tanto miedo y a tanta hambre. Yo nací catorce años después de que las tropas de Franco entraran en Barcelona por la Diagonal, pero en cada comida mi familia volvía a contarse hazañas bélicas, como si no pudieran borrarlas de la memoria.

Mis abuelos eran gente trabajadora, plenamente conscientes de que habían perdido la guerra, pero sobre todo de que habían perdido mucho en la guerra. No se les conocía ninguna militancia política ni simpatía ideológica, más allá de tener claro quiénes eran los suyos y quiénes eran los demás. Mi abuela materna siempre decía que la guerra empezó sin hacer demasiado ruido, y que no tuvieron claro qué significaba esa maldita palabra hasta el primer bombardeo sobre la ciudad, ocho meses después del 19 de julio. Claro que antes vieron cómo la comida escaseaba, las guerrillas anarquistas patrullaban con total impunidad por las calles requisando y amenazando, las iglesias eran reducidas a cenizas debido a una locura anticlerical y algunos vecinos desaparecieron, porque huyeron o porque fueron fusilados sin juicio, o directamente asesinados.

Sin embargo, el día que verdaderamente la guerra llamó a la puerta fue el atardecer del 13 de febrero de 1937, cuando el crucero italiano Eugenio di Savoia disparó desde el mar sus obuses en dirección a la fábrica Elizalde del paseo de Sant Joan, donde se fabricaban bombas y motores de avión. La gente subió hasta la azotea para ver el trazado de las piezas de artillería cruzando la ciudad por encima de las casas, como si fuera un castillo de fuegos artificiales de una verbena. La industria era un objetivo bélico, pero algunas bombas impactaron en inmuebles vecinos y provocaron la tragedia en el seno de un puñado de familias y el miedo de todos los barceloneses, que, de repente, descubrieron que se habían convertido en una diana inesperada. El drama se puso de manifiesto al día siguiente, cuando llegaron las primeras noticias de los efectos del bombardeo. Es más que probable que los impactos sobre las viviendas no fueran el resultado de la mala puntería, sino de la voluntad explícita de desmoralizar a la población civil. El diario *La Vanguardia* le dedicó su portada con el título «Las gestas de los barcos piratas», así como tres páginas en el interior con fotografías de los destrozos y un pie donde se calificaba el bombardeo de «la fórmula guerrera más mezquina que haya cabido nunca en la cabeza de un ser humano».

Aquel desdichado día en que se produjo el primero de los ciento noventa y cuatro bombardeos que sufrió la ciudad entre marzo de 1937 y enero de 1939 fue el inicio de una etapa de terror planificado contra la población civil, como si Barcelona tuviera que pagar una penitencia de sangre y fuego por la lealtad de la capital catalana a la República. En este periodo, barrios enteros desaparecieron, cientos de casas fueron derruidas y murieron dos mil quinientos barceloneses —y casi el doble resultaron heridos— a causa de los obuses arrojados desde el aire o desde el mar. Eso sin contar el pánico, las pesadillas que pervivirían en muchos barceloneses durante años, el dolor, numerosas pérdidas y heridas personales que no pueden cuantificarse ni aparecerán nunca en ningún libro de historia.

No siempre había tiempo de ir a los refugios, a veces las sirenas sonaban cuando ya era demasiado tarde para llegar. Mi madre vio morir a su hermana mayor, de solo dieciocho años, en los bombardeos de la aviación italiana de 1938, que durante tres días de marzo aterrorizaron a la ciudad. Hasta 44 toneladas de bombas lanzó la Aviazione Legionaria, con el resultado de 670 muertos y 1.200 heridos en solo 41 horas. Fue Benito Mussolini quien dio la orden de ataque a sus bombarderos, situados en tres bases de Mallorca, que a menudo no pedían ninguna autorización a los generales insurrectos para realizar prácticas criminales sobre la población civil. En cualquier caso, cuesta creer que Franco no hubiera ordenado una acción tan continuada y salvaje. Como todos los días, Montserrat iba a trabajar a una fábrica de zapatillas de esparto de la calle de Trafalgar, pero ese día no llegó. La bomba le cortó una pierna y el impacto de la metralla le arrancó una vida por estrenar.

Mi padre también vivió la muerte de un hermano, que, con dieciséis años recién cumplidos, fue al frente del Ebro sin apenas tiempo para que le enseñaran cómo disparar un fusil, durante los últimos meses de los combates, cuando solo quedaba resistir tanto como se pudiera. Rafel era un chico muy alto y apuesto que, sabiendo que su hermano mayor estaba en el frente, no quiso ser menos y, sin decir nada en casa y falseando su edad, se apuntó voluntario. A mi abuela paterna se le llenaban los ojos de lágrimas cuando, muchos años más tarde, aún recordaba cómo, después de prepararle el desayuno y de despedirlo con un beso, descubrió el bocadillo bajo la almohada y una carta de cuatro rayas sobre la colcha en la que le decía que se iba a luchar por la causa de la libertad y le pedía perdón por no haber pedido permiso en casa. Desgraciadamente, no sobrevivió ni tres semanas en las afueras de Tardienta, un pueblo aragonés de los Monegros que fue fiel a la República y donde el frente se mantuvo estable durante casi dos años; después, los nacionales rompieron las hostilidades mediante intensos ataques que tuvieron la villa como escenario. Todavía pudo escribir un par de cartas a sus padres en las que les decía que no se angustiaran, que comía bien y que tenía ganas de volver a casa porque le daba miedo entrar en combate. Eran misivas que mi abuela paterna guardaba juntas entre pañuelos de hilo arrugados por las lágrimas y que una de mis hermanas todavía conserva como un tesoro familiar. La abuela aseguraba que lo había reconocido en la portada de *La Vanguardia* junto a otros soldados republicanos en una fotografía del frente, pocos días antes de que muriera por el impacto de un obús mientras, con otros compañeros, preparaba el almuerzo en la trinchera. Al cabo de los años he buscado esa imagen, pero no he sabido encontrarla.

En casa, como en tantas otras casas, la guerra terminó en enero de 1939, aunque la paz aún tardaría muchos años en llegar. La guerra seguía en las conversaciones a la hora de cenar; siendo un niño, escuchaba con unos ojos como naranjas las pequeñas historias de cómo el abuelo se preparaba picadura de fumar con cáscaras secas de patata; de cómo una vez cayó un proyectil en el bloque de pisos de enfrente de donde vivíamos que no llegó a explotar, pero que agujereó el techo y se quedó clavado en el desván; de cómo un día los guardias de asalto se llevaron esposado a un vecino que no volvió nunca más y que se dijo que hacía señales desde su azotea con una linterna para guiar a la aviación franquista, o de cómo en una ocasión mi madre, con diez u once años, llegó con un ojo morado, pero con un saco de arroz casi mayor que ella como trofeo, si bien no quiso revelar de qué modo lo había conseguido.

Eran historias de épica doméstica, de gente que un día se vio dentro de una guerra como quien aparece inesperadamente en medio de una novela de terror. Pequeñas heroicidades de personas que nunca entendieron cómo de un día para otro el vecino podía convertirse en el enemigo y cómo otros vecinos pasaban a ser los guardianes de un supuesto orden al margen de toda ley. Personas que vivieron el fin de la guerra como un alivio, aunque no ganaran los suyos y lo perdieran casi todo en esos combates diarios por la supervivencia. En el último invierno de la contienda, Barcelona se había convertido definitivamente en una ciudad angustiada, famélica y aterrorizada. Y la Navidad no trajo ninguna alegría, al contrario: fueron las fechas escogidas por el enemigo franquista para iniciar una nueva ofensiva por tierra, mar y aire. A su vez, el hambre, el miedo y el frío eran los dueños de la ciudad. Y por todas partes se dejaba sentir un hedor producido por los escombros, los cadáveres y la indigencia, como el anuncio de un final en el que solo faltaban las trompetas del Apocalipsis interpretando una inquietante banda sonora.

Ya casados, mis padres vivían en la casa de mis abuelos maternos, un piso pequeño de la calle de Pere IV, en el Poblenou, con un balcón igualmente raquítico desde el que mi madre veía casi cada día, una vez terminada oficialmente la guerra, cómo un camión transportaba hasta el Camp de la Bota a decenas de personas para ser fusiladas. La mirada de aquellos hombres yendo hacia un patíbulo de arena la marcó profundamente, hasta el punto de que al final de su vida recordaba aquellas imágenes perversas grabadas en su inconsciente; todavía, muchos años después, la desvelaban de madrugada. Aquel desfile camino de la playa era un impacto visual que se repetía día tras día y con el que creció, como una cruel rutina más de aquella Barcelona en blanco y negro con un inconfundible olor a miseria. Minutos después de ver pasar el furgón, cuando el rostro aterrorizado de los presos aún no había desaparecido de su retina, oía los disparos sincopados de los mosquetones, que cumplían unas sentencias sumarísimas sin garantía alguna, más inmorales incluso que la propia guerra.

Dicen que cuando dos personas se miran a los ojos no ven sus pupilas, sino sus miradas. Mi madre no sabía cómo se llamaban aquellos condenados a muerte por el rencor desatado del que solo es capaz de ver enemigos en quienes no piensan como él, pero creía saber lo que querían decirle a través de su mirada desesperada.

Es posible que los ojos sean el espejo del alma, y la mirada de una mujer joven que los saludaba con la mano, a pesar de que su madre le había prohibido que lo hiciera, quizá sirvió de breve consuelo a alguno de los condenados. Ella pensaba que su gesto era una despedida cómplice que podía aportar un instante de calma a aquellos desahuciados de la vida. No sé, soy incapaz de pensar qué les debió de pasar por la cabeza en aquellos momentos de absoluta oscuridad. Pero podéis creerme si os digo que mamá nunca olvidó las miradas tristes de aquellos hombres que habían luchado por la libertad, o quizá ni eso, ya que a muchos los habían reclutado para defender la República sin saber muy bien qué significaba su sacrificio. A mamá la acompañaron siempre, como una pesadilla indeleble que la despertaba a medianoche recordando la terrible soledad que debieron de sentir aquellos que lo habían perdido todo, también la esperanza.

En cuanto se lo pudo permitir, mi familia cambió de barrio, para ganar unos metros cuadrados y para intentar perder por el camino unos cuantos recuerdos imborrables. No ganaron demasiado espacio, teniendo en cuenta que en casa no tardamos en ser uno más por la llegada al mundo de mi hermana Montserrat, pero el traslado sirvió para alejarlos de aquellos escenarios de pesadillas y angustias. Uno de los objetos que no se perdieron en la mudanza fueron unos prismáticos negros, fabricados en Marsella por la compañía Successors de Trabaud, que el abuelo Lluís me contó que había encontrado sobre los adoquines junto a un charco de sangre después de que un oficial republicano fuera malherido por un francotirador franquista, cerca de Can Ribera, una empresa de cuberterías que había empezado a fabricar armas.

Escribo estas líneas con los prismáticos delante: son de lo poco que mis padres me dejaron como herencia. Siempre he sentido una emoción especial por este objeto algo pesado y casi escultórico, entre otras razones porque pienso que los cristales de aumento guardan la mirada de mis abuelos y de mis padres, que ya no están, y constituyen el testimonio de una guerra estremecedora que sirvió de ensayo general de una conflagración aún mayor, más sangrienta y despiadada, pero que sobre todo fue una sangría fratricida en la que se desbocaron todos los odios y que todavía hoy es difícil de explicar. Como escribió Jaime Gil de Biedma: «De todas las historias de la Historia sin duda la más triste es la de España, porque termina mal».

4

Y, de repente, los pacíficos se convirtieron en bárbaros

Según el novelista inglés Samuel Butler, basta el instante de cerrar los ojos para hacer de un hombre pacífico un guerrero violento. En Sant Sadurní, dos días después de empezar la guerra civil, los integrantes de la CNT y de la FAI del pueblo decidieron incautar las armas de los miembros del somatén local. Se dio el caso de que dos de los asaltantes de los cuarteles militares de Sant Andreu, en Barcelona, los gemelos Manuel y Esteban Vinaixa, trabajadores de Codorniu, volvieron a la villa con un cargamento de fusiles, munición, bombas de mano y pistolas máuser. ¿Qué pretendían hacer con ese arsenal? Pues tomar el poder. La llegada de dos coches con el material del que se habían apoderado en aquella operación hizo que el cuartel de la Guardia Civil se rindiera y que el comandante hiciese ondear la bandera blanca sin ofrecer resistencia.

Como en tantas poblaciones del país, en Sant Sadurní se constituyó un comité de milicias antifascistas como nueva autoridad local, que seguiría las directrices del comité central homónimo. Lo formaban tres miembros del Partit Socialista Unificat de Catalunya (PSUC), tres de Esquerra Republicana de Catalunya (ERC), tres de la CNT-FAI (Confederación Nacional del Trabajo-Federación Anarquista Ibérica), dos del Partido Federal Ibérico y dos de la Unió de Rabassaires. Durante tres semanas, este comité convivió con el consejo municipal, que presidía un alcalde de nombre curioso, Napoleó Montagut. El republicano Antoni Lloret era uno de sus concejales, además de miembro del comité. El 10 de agosto de 1936, la Conselleria de Governació de la Generalitat emitió un decreto según el cual los concejales desafectos al Frente Popular debían ser destituidos de su cargo y sustituidos por otros vecinos fieles a la República. En cualquier caso, quien mandaba realmente era el Comité de Milicias Antifascistas, que no estaba sometido a ninguna instancia superior y que carecía de estructura jerárquica. Y, además, iban armados, lo que les daba una autoridad suplementaria.

La noche más trágica de la guerra en Sant Sadurní fue la del 30 de julio de 1936. El comité local detuvo a nueve vecinos, a los que juzgaron —es una manera inapropiada de decirlo, porque los juicios no tenían garantía alguna— y sentenciaron a muerte. Los apresaron porque se les consideraba gente de derechas y contrarios a la República: eran industriales, tratantes de vino, comerciantes e incluso había un estudiante falangista al que tampoco se le conocía ningún episodio punible más allá de su ideología. A todos los retuvieron en los bajos del ayuntamiento mientras los miembros de la guerrilla discutían en el salón de plenos sobre qué hacer y qué delitos les imputaban, sin la presencia de los acusados ni de ningún abogado que pudiera defenderlos.

Al enterarse, Antoni Lloret corrió hacia el consistorio para tratar de poner un poco de sensatez en todo lo que estaba sucediendo. Al entrar en la estancia donde los prisioneros estaban retenidos y percibir el pánico en su mirada, todos de rodillas, maniatados, encañonados por algunos miembros del comité, se llevó las manos a la cabeza.

—Pero ¡¿qué estáis haciendo?! ¿Qué pretendéis? ¿Acaso no veis que son nuestros vecinos? Pero ¿qué mal nos ha hecho Jaume? ¿Y Francisco? —exclamaba Antoni, nervioso al ver a miembros del comité de Vilafranca, hombres muy malcarados cuya fama había corrido por el Penedès en apenas unos días.

—Vamos, vamos, señor concejal, veo que simpatiza con los golpistas —dijo Vinaixa, acercándose amenazante al recién llegado.

—Escuchad, compañeros, las cosas no se hacen así, esta gente merece un juicio justo, no ese tipo de justicia que está aterrorizando las calles de Barcelona. ¿Es lo que queréis en nuestro pueblo? —dijo Lloret, mirando a los ojos de aquellos hombres armados y con ganas de revancha, de cobrarse antiguas deudas, morales o reales. Lo que encontró, odio, ira y un arrebato que no parecía tener freno, le hizo moderar su defensa de aquellos convecinos—. A ver, esperemos hasta mañana, que puedan tener una defensa, garantías... Así se hacen las cosas en la República.

—¿En qué mundo vives? ¿Acaso no te llega lo

que está pasando lejos de aquí? Son ellos o nosotros, y no pienso tener piedad de estos fascistas —exclamaba exaltado un hombre al que los compañeros llamaban Xato.

Sin encomendarse a nadie, aquellos insensatos se convertían, sin autoridad alguna, en acusación y en jueces. Antoni decidió callar y darse la vuelta, ya que aquellos hombres llegados de Vilafranca lo miraban cada vez más amenazadores.

Presidían esa trágica pantomima un busto de la República y las fotografías enmarcadas de los presidentes Manuel Azaña y Lluís Companys. Familiares y amigos de los detenidos intentaron acceder al ayuntamiento para interceder a favor de ellos, sin éxito, y a las diez los milicianos los echaron del vestíbulo con la excusa de que debían cerrar las puertas del consistorio. Nadie esperaba que esa noche se produjeran novedades. O quizá sí, porque otro concejal que estaba allí salió poco después, desquiciado por lo que intuía que aquellos bárbaros estaban a punto de hacer.

—Ay, señor, que los matan, que los matan... ¡Qué estamos haciendo! —murmuraba.

Los detenidos fueron ejecutados a tiros en el puente del Lledoner, un viaducto entre Cervelló y Vallirana, sobre la una de la madrugada. Todos menos dos, que tuvieron el santo de cara. Uno de ellos, Ramon Giró, se fugó nada más bajar del camión que los había trasladado hasta ese lugar solitario. Al ver que no le habían atado bien las manos, se deshizo de las cuerdas y se puso a correr como un poseso hasta un barranco, donde se lanzó y cayó rodando entre árboles y matorrales mientras los milicianos disparaban a diestro y siniestro en medio de la oscuridad del bosque.

También pudo salvar la vida un hombre que, cuando iba a subir al camión, fue detenido por un miliciano que, fusil en mano, dijo a los miembros de la patrulla que quedaba retenido bajo su custodia. Era Francisco Coll, el chocolatero de Cal Simón, que había ayudado a su familia meses antes, dándoles víveres después de que el miliciano tuviera un hijo con graves problemas de salud. Aquella buena obra hizo que salvara la vida.

La comitiva ejecutora salió de Sant Sadurní pasada la medianoche junto a otros dos vehículos de escolta; cuando llegó al puente de Lledoner, bajaron a los infortunados ocupantes, que no entendían por qué querían matarlos y pedían piedad a gritos. El ruido de los fusiles tronó en medio de aquel paisaje desierto, y poco después arrojaron sus cuerpos desde el viaducto al fondo del torrente, a más de treinta metros de las vallas de protección de la carretera.

La noticia de los asesinatos convulsionó a la población, pero no serían los únicos casos. El Comité de Milicias Antifascistas de Sant Sadurní continuó su labor criminal después de unos días de calma. Un propietario agrícola, católico practicante y de pensamiento conservador, fue detenido en su casa y tiroteado en un camino. Al día siguiente les tocó el paseíllo a dos parejas de hermanos maristas; no contentos con matarlos a tiros, quemaron los cadáveres para no dejar rastro alguno. El goteo de asesinatos continuaría durante días, semanas y meses. Un grupo de ciudadanos de la villa huyeron a Barcelona o a otras localidades donde tenían parientes. Corrían peligro por tener propiedades, por ser de derechas o por ir a la misa dominical. El terror se apoderó en poco tiempo de las vidas de muchas personas que no tenían nada que esconder, pero que podían ser víctimas de la envidia o el rencor de cualquier miserable con ganas de hacer daño o de sumar méritos.

Antoni, desbordado por la violencia que había a su alrededor y viendo que no era tiempo para el diálogo y la palabra, decidió no intervenir más; las amenazas recibidas la noche de los hechos del puente de Lledoner por parte de los miembros del comité de Vilafranca venidos para ejecutar a los detenidos, junto con la advertencia de algunos compañeros del comité local, hicieron que se mantuviera al margen para que su familia no saliera perjudicada. Podía entender muchas acciones y medidas radicales, pero no el asesinato a sangre fría de convecinos que, le constaba, no habían hecho más que tener unas ideas distintas a las suyas.

En medio de la ola de violencia revolucionaria, algunos recintos emblemáticos de Sant Sadurní sufrieron la enloquecida actuación de los milicianos. El primer templo que atacaron fue la iglesia parroquial, a las pocas horas del inicio de la guerra. La noche del 20 de julio intentaron prenderle fuego, pero la acción decidida de mosén Joan Salvans y algunos vecinos lo impidió. A raíz de este incidente, el párroco se escondió en una fonda del pueblo. Sin embargo, cuarenta y ocho horas más tarde se produjo un segundo incendio en la parroquia, después de que hicieran una pira con bancos de madera a los pies de un retablo barroco, sin que, por suerte, acabara afectando a la estructura del edificio. De nuevo, el cura, con la colaboración de algún miliciano arrepentido por lo que estaban haciendo, salvó los objetos más valiosos, como el cáliz, el sagrario o la custodia, y los escondió en un desván de la rectoría. Entonces el cura se marchó hacia Barcelona, rumbo a la frontera francesa. También le tocó recibir a un colegio religioso que fue saqueado, a tres cruces de término que fueron destrozadas y al monumento dedicado al prócer local Marc Mir.

El pleno del Ayuntamiento de Sant Sadurní decidió ocupar inmuebles, incautar bienes, fincas rústicas y urbanas, y colectivizar empresas. Sindicatos y partidos de izquierdas pasaron a ser los nuevos propietarios solo con la firma del alcalde. No escapó de la ocupación ni siquiera el Cafè de la Plaça, en la plaza de la Vila, que se convirtió en el local social de Esquerra Republicana.

Las cavas Codorniu fueron intervenidas directamente por la Generalitat el 27 de septiembre de 1936, por considerarlas de utilidad pública. La institución nombró a un delegado, de acuerdo con el comité obrero de control de las cavas. En aquellos momentos, había casi un millón y medio de botellas listas para ser distribuidas y otros cinco millones y medio en proceso de elaboración. El decreto correspondiente llevaba la firma del consejero Josep Tarradellas. Antes, sin embargo, habían ido los milicianos. Afortunadamente, cuando llegaron, la familia Raventós ya se había marchado. El chófer de Manuel

Raventós, por propia iniciativa, escondió en un viñedo todo lo que consideró de valor. Al no encontrar ni a sus dueños ni nada en la caja, los milicianos dispararon con sus pistolas contra un relieve de bronce de la figura de Josep Raventós, antepasado de los propietarios, y se quedaron tan anchos. Por poco una de las balas rebotadas no dio un serio disgusto a aquellos insensatos.

El propio Tarradellas, como primer consejero de la Generalitat, publicó el 1 de octubre la disolución de los comités locales, con la voluntad de poner fin al imperio del terror que se había apoderado de muchos pueblos y ciudades. Fue un intento del Gobierno de devolver a la normalidad la vida civil desde las instituciones. En el caso de Sant Sadurní, el consistorio tomó de nuevo el control de la situación: no solo exigió el desmantelamiento del Comité de Milicias Antifascistas y el traspaso de todas sus funciones, sino que también se quedó el inmueble que ocupaba, que fue reconvertido en un centro para atender a refugiados.

Los comités obreros de las fábricas funcionaron bien y se convirtieron en un símbolo de la revolución en Cataluña. El Comisariado de Propaganda de la Generalitat, con Jaume Miravitlles al frente, organizó una visita de periodistas y escritores para que vieran cómo la vida económica fluía sin problemas en Cataluña, y qué mejor que llevarlos hasta las cavas Codorniu, que seguían exportando sus espumosos a Europa a pesar de los estragos de la guerra.

Entre la veintena de invitados por la Generalitat estaba el poeta y ensayista rumano Tristan Tzara, que residía en París; la escritora anarquista lituana Emma Goldman, muy conocida en la época y que vivía en Londres; el prestigioso columnista del *New York Herald Tribune* Richard Watts o el corresponsal ruso del diario *Izvestia* Iliá Ehrenburg, que además era confidente de Stalin. Todos enviaron crónicas a sus diarios glosando el buen trabajo del Gobierno de la Generalitat en la producción de bienes y servicios bajo el modelo de la colectivización de empresas.

Cuando un mes después el presidente Lluís Companys vio la carpeta con los recortes de prensa que le había preparado Jaume Miravitlles, lo abrazó mientras proclamaba en voz alta:

—Es importante que el mundo sepa que el país funciona, que existe un Gobierno de orden que manda y que los catalanes seremos decisivos para ganar la guerra.

—Hay que ganar porque, de lo contrario, no solo perderemos la guerra, sino también nuestras libertades —respondió Miravitlles, clarividente.

El comisario de Propaganda hizo una llamada telefónica interna y, al cabo de unos minutos, brindaban con una botella de cava, que entonces todo el mundo llamaba champán.

5

Del hotel Majestic al frente del Ebro

La guerra continuaba, implacable, cambiando para siempre los destinos de todos, a quienes sacudía irremediablemente. En otoño de 1938, en el hotel Majestic de Barcelona confluían los corresponsales de guerra de todo el mundo. El Comisariado de Propaganda de la Generalitat trataba de favorecer que todos ellos difundieran una visión optimista del transcurso del conflicto, pero lo cierto era que la situación iba de mal en peor. En los salones del Majestic, los periodistas extranjeros ya llevaban tiempo hablando de que la balanza se inclinaba descaradamente hacia el bando franquista. La ofensiva republicana sobre el Ebro, iniciada en verano, había demostrado la debilidad militar de la República, y el anuncio de la repatriación de las Brigadas Internacionales era desalentador. Veinte mil muertos republicanos en el Ebro, cerca de cincuenta mil heridos, cientos de prisioneros. Y los bombardeos contra la retaguardia no cesaban y trituraban la moral de la población.

El 4 de noviembre, en el Majestic corrió el rumor de que de un momento a otro se podía ordenar la retirada de las tropas del Ebro, y un grupo de corresponsales decidió viajar al frente para entrevistar al teniente coronel Enrique Líster y saber a ciencia cierta si se estaban planteando el repliegue. De ser así, la primicia informativa ratificaría los rumores de la inminente derrota republicana. Por supuesto, Ernest Hemingway y sus compañeros en otras ocasiones —el fotógrafo Robert Capa, que sobre todo publicaba para *Life*, y los periodistas Vincent *Jimmy* Sheean (*New York Herald Tribune*) y Herbert Matthews (*The New York Times*)— decidieron aventurarse de madrugada hacia el frente del Ebro, en busca de la noticia. Iban acompañados del coronel alemán de las Brigadas Internacionales Hans Kahle, que les haría de guía y traductor.

El 5 de noviembre de 1938, Antoni Lloret salía de la sastrería que regentaba en el centro de Sant Sadurní d'Anoia y se topó con un grupo de hombres que hablaban entre ellos en inglés y que le preguntaron dónde podían comprar un par de botellas de un buen champán del Penedès. Luego supo quiénes eran.

La comitiva se había detenido allí porque el coronel Kahle, yendo hacia el frente, había querido enseñar a los periodistas la Fábrica Z, donde se ensamblaban todo tipo de vehículos blindados para el Ministerio de Defensa Nacional del Gobierno de la República. Tenían tiempo para hacer una visita, ya que habían quedado al cabo de una hora en Vilafranca con Henry Buckley, corresponsal británico de *The Daily Telegraph*, que venía en coche desde Sitges porque allí vivía su mujer y se había instalado en su casa. La fábrica, que estaba en medio del pueblo, se conocía como el taller de Cal Benach antes de la guerra y había logrado un merecido prestigio en la fabricación de maquinaria para la construcción y las obras públicas. La fama de sus tractores quitanieves había traspasado fronteras. Sin embargo, tras el levantamiento militar del 18 de julio contra la República, los trabajadores afiliados a la CNT y a la FAI, alentados por el Comité de Milicias Antifascistas de la villa, decidieron colectivizar la empresa y ponerla a disposición del Gobierno de la Generalitat para fabricar material de guerra. De la Fábrica Z salieron tractores oruga para arrastrar piezas de artillería y aviones, tanques con ametralladoras de siete milímetros, carros de asalto y camiones igualmente blindados.

Capa pudo hacer fotografías y los periodistas tomaron notas de lo que vieron, pero no podían dar ninguna pista de su emplazamiento. A Hemingway le sorprendió que los camiones que estaban protegiendo con planchas de acero fueran Chevrolets fabricados en Estados Unidos. Sheean y Matthews descubrieron, en un rincón del taller, un tanque soviético al que estaban cambiando la refrigeración del motor y se subieron a él para que Capa los inmortalizara con su Leica. Matthews dijo en voz alta lo que todos pensaban:

—Tener una noticia y no poder darla es lo peor que le puede pasar a un periodista. Y, además, que en la villa donde se elabora el champán también se fabriquen tanques resulta una historia de portada.

Al salir de la fábrica, el coronel Kahle se encontró con Miguel Zambudio, un piloto republicano al que Hemingway había dedicado un par de párrafos en una de sus crónicas, porque con su biplano ruso Polikárpov I-15 se había enfrentado a las poderosas fuerzas aéreas del general Franco, incluida la Legión Cóndor alemana, en numerosos combates en el norte de España. Era todo un héroe que había aprendido a pilotar aviones en la escuela de vuelo de San Javier, Murcia, una vez comenzada la guerra, pero que tuvo que realizar su bautizo en Reus, tres meses después de obtener el título, para defender la ciudad de los ataques de la aviación franquista.

—Te imaginaba en el frente —le dijo el coronel al aviador.

—No hago más que jugarme el cuello un día y otro en el frente del Ebro. He dejado de contar el número de aviones enemigos que he abatido. Tengo la base de operaciones cerca de aquí, en el aeródromo de Els Monjos, y ahora estoy descansando unos días en la residencia de oficiales de la aviación de Cal Baqués. Pero no pienses que me dejan rehacerme durmiendo diez horas, comiendo pollo asado y bebiendo champán bien frío, que es lo que me tocaría. Las autoridades republicanas han creado una escuela de formación de pilotos en Lavern, en medio de los viñedos, para formarlos para el combate, y estoy haciendo de instructor.

—¡Pero si aquí no hay ningún campo de aviación!

—Ni que lo digas, la actividad docente es fundamentalmente teórica. A los aspirantes les damos clases de matemáticas, física, aeronáutica, meteorología, armamento o técnicas de combate. Pero es evidente que con eso solo no formas pilotos, así que, cuando se puede, debemos desplazarnos al aeródromo de Sabadell para realizar alguna clase práctica. Los tres campos de aterrizaje del Alt Penedès, en Els Monjos, Pacs-Vilobí y Sabanell, están ocupados por las escuadrillas de aviones del Grupo 26 y, a la vez, son objeto de razias de la aviación enemiga, y por eso nos desplazamos muy a menudo, por el peligro que conlleva. De todos modos, la escuela de capacitación de pilotos es un secreto: no se puede decir nada. En cualquier caso, y pese a la buena voluntad de todos, no tengo claro que estemos formando futuros aviadores. A mí me envían, sobre todo, para levantarles la moral frente al escaso progreso que experimentan con el empacho de clases teóricas que reciben. Hace unos días vinieron los tenientes coroneles Enrique Líster y Manuel Tagüeña, que lograron mantener el entusiasmo de los internos con sus relatos sobre las victorias en el frente de guerra.

—El objetivo de nuestra incursión en el frente es justamente entrevistar a Líster —precisó Capa.

Líster era un personaje que se había convertido en un mito del ejército republicano por sus cualidades como militar. En su condición de miembro destacado del Partido Comunista de España, había recibido formación política y militar en la escuela de cuadros del Komintern, en Moscú. Hemingway lo había conocido durante la batalla de Madrid, cuando estaba al frente de la 1.ª Brigada Mixta del Ejército Popular de la República. Sus soldados destacaban de él que era un personaje audaz, valiente y decidido. Líster utilizaba el elemento sorpresa mejor que nadie, sabía como muy pocos de táctica y era capaz de planear operaciones extremadamente difíciles con escasas bajas propias. Pero en aquellos momentos tenía un trabajo realmente arriesgado porque intentaba contener la avalancha enemiga en la orilla del Ebro, el último obstáculo para evitar que los franquistas llegaran hasta Barcelona.

Incluso Antonio Machado, que también se alojaba en el Majestic mientras escribía artículos en *La Vanguardia*, convertida en diario al servicio de la República, le había dedicado un soneto que lo definía así:

Noble corazón en vela, español, indomable, puño fuerte.

El poema de guerra terminaba con estas palabras:

Si mi pluma valiera tu pistola de capitán,
contento moriría.

En realidad, Líster no se llamaba Enrique, sino Jesús, y su verdadero apellido era Liste. Había sido cantero en Galicia y dinamitero en el metro de Moscú antes que pistolero contra las patronales y coronel durante la guerra, a pesar de que él mandaba toda una brigada. Negrín le había dado los galones y él había respondido creando el Quinto Regimiento, con una férrea disciplina aprendida de los militares rusos y del Partido Comunista de la Unión Soviética.

—Aquí Líster se ganó a los aspirantes desde que pisó el aula. Le gustará escucharle cuando puedan hablar con él. Solo hay que esperar a que tenga un buen día, porque su carácter telúrico puede hacer que llueva aunque luzca el sol —les dijo Zambudio mientras se despedía del grupo.

—Lo he tratado poco, aunque reconozco que es valiente como un león y astuto como un zorro. Un hombre de acción encomiable como no he conocido a ningún otro, pero es un comunista. Y nunca me han gustado los comunistas, son gente poco de fiar. Amo demasiado la libertad para confiar en él —respondió Hemingway mientras le estrechaba la mano.

Habían llegado con tiempo a Sant Sadurní, pero se les había hecho tarde y Henry Buckley les estaría esperando en la entrada de Vilafranca con su coche. El coronel brigadista que les hacía de chófer lo regañó: llegarían más tarde de la hora fijada para pasar a buscar al colega que venía de Sitges, y también a la cita con los dos soldados que debían acompañarlos para cruzar el Ebro hasta las posiciones de la Quinta Columna. Hemingway pidió algo de paciencia porque, cuando se encontraran con el corresponsal, quería hacer una parada en medio de los viñedos para beber el champán del Penedès que habían comprado.

Fue esta imagen la que inmortalizó Buckley, el testimonio que ha quedado en el Archivo Comarcal del Alt Penedès de aquella jornada en Sant Sadurní, donde se ve a Hemingway con una camisa oscura de manga corta y un vaso en la mano, mientras Capa, remangado, sirve champán al resto del grupo, en medio de viñedos y paredes secas. Es curioso que todos los periodistas británicos llevaran corbata, hasta el punto de que parecen acudir a una recepción oficial más que a la primera línea de guerra. El único vestido de forma adecuada es Hans Kahle, que lleva una cazadora y unas botas de caña alta. Se trata de una imagen captada en medio de un campo de las afueras y parece que quieran tomar fuerzas para dar el salto definitivo al frente. Allí los esperaba la guerra. Una guerra que no pintaba bien para la República, dado que dos divisiones franquistas habían llegado al Ebro y se disponían a ocupar Miravet.

Líster, pese a que los periodistas trataron de sacarle la información que necesitaban, y consciente de la repercusión de lo que dijera, no quiso mencionar nada de la posible retirada republicana. Poco después, la madrugada del 8 de noviembre, ordenó la retirada, atravesó el puente de Flix y regresó a las posiciones conquistadas en la ofensiva republicana de unas semanas atrás.

Puede que en este parón Hemingway empezara a escribir un artículo que publicaría en la revista *Ken*, donde dice:

> La guerra es un acto de violencia que cometemos para compeler al adversario e imponerle nuestra voluntad. Su objeto primordial es desarmar al enemigo y para conseguirlo es necesario destruir su fuerza militar de modo que no pueda responder, ocupar su territorio para destruir todo nuevo brote de poder militar e imponerle nuestra voluntad. [...] Se han pensado, dicho y escrito tantas cosas contrarias a la razón sobre la guerra que es necesario remitirse al viejo Einstein de las batallas para comprender el prece-

dente militar con el que la República española continúa su lucha. Quizá por eso la guerra civil española puede durar todavía un largo tiempo.

El autor de *Adiós a las armas* tenía muchas virtudes, pero era evidente que entre ellas no figuraba predecir el futuro. La suerte estaba echada y Franco tenía todos los números de la rifa.

6

Las primeras lecciones de ajedrez

A los ojos de un niño, una guerra resultaba una vivencia extraña. Era una aventura más romántica que trágica, según las conversaciones que el niño Anton Lloret, el hijo del sastre de Sant Sadurní, escuchaba en casa. No es lo mismo una guerra en la ciudad que en una villa rural. De entrada, la comida no faltaba y los niños sabían de la violencia por las conversaciones de sus padres, preocupados por los excesos de los milicianos o por las noticias que llegaban del frente. A los pocos días del inicio de la guerra, cuando un pequeño grupo de anarquistas prendieron fuego a la parroquia, dos de sus amigos del colegio fueron a buscarlo a casa para ver el incendio. Les sorprendió descubrir cómo el párroco y unos cuantos feligreses arriesgaban sus vidas e intentaban salvar las imágenes de los santos envolviéndolas en mantas, mientras a cierta distancia unos cuantos hombres del pueblo con fusiles disparaban tiros al aire, entre blasfemias y amenazas al clero. Fue el último día que vieron al párroco, quien huiría de allí para salvar el cuello.

A mucha gente que acababa de conocer a Antoni

Lloret le llamaba la atención que su hija se llamara Antònia y su hijo Anton, como el padre. No era por una especial devoción al santo, sino porque cuando la niña nació todos pensaban que sería un chico y la llamaron Antònia por voluntad paterna, ya que el padre quería que se llamara como él. No le pusieron Ramona porque a su madre no le gustaba su propio nombre, ni tampoco Dolors, como la abuela, porque era el nombre de la hija mayor de los Lloret, una niña que murió repentinamente, a los cinco años, después de que un perro la hiciera caer cuando bajaba las escaleras de casa. En principio, pareció sufrir una conmoción, pero al cabo de unos días se encontró mal, con fiebres muy altas que alcanzaron los cuarenta y dos grados. La pequeña tenía una meningitis que no pudo superar después de diez días de lucha por salvarla.

El chico, en cambio, era un niño ochomesino, y fue un milagro que sobreviviera al parto. Se trataba de una criatura un tanto escueta, a la que pusieron durante un mes en una caja de zapatos forrada de algodón, como si de una improvisada incubadora se tratara. La batalla por salvarlo no fue fácil: la matrona del pueblo pasaba casi a diario para comprobar la evolución del bebé. Finalmente, cuando le bautizaron, el padre del chiquillo lo tuvo claro: se llamaría Antonio como él, aunque la hija se llamara Antònia. El cura no se opuso, pero le dijo que se lo pensara un poco: no hacía falta que todos se llamasen igual en aquella casa.

Al aumentar la familia, se trasladaron a un nuevo hogar, apenas a un centenar de metros más allá, en la calle dels Cavallers, muy cerca del centro del pueblo. Era un edificio amplio, con unos escaparates magníficos en los bajos que servían para que pudieran exhibirse los tejidos y complementos de la sastrería paterna. Se trataba de una tienda con dos mostradores y estanterías de madera, de la que salía un corredor muy largo por el que los niños corrían arriba y abajo en una carrera atlética interminable. Al final del pasillo estaban, en un lado, el taller familiar y, en el otro, la cocina y el comedor, que daban a una terraza llena de plantas desde donde se podía bajar al jardín posterior por una escalera de obra que salvaba la diferencia de cota con la calle de atrás.

Por entonces, algunos niños comenzaron a faltar a la escuela porque sus padres se habían marchado con ellos por miedo a que una patrulla del Comité de Milicias Antifascistas los sacara de casa y acabaran fusilados en un camino de carro o en un arcén de la carretera. Cuando Anton le preguntó a su padre qué habían hecho aquellas familias para tener que abandonar el pueblo, el hombre no supo qué decir, más allá de explicarle que eran gente de derechas y que apoyaban a los militares que se habían levantado contra la República. Pero el niño no tuvo suficiente con esta explicación e insistió:

—¿Y por qué no quieren la República? ¿Acaso les ha hecho algo?

—No quieren la República porque no quieren un mundo más justo y porque no creen que todos seamos iguales. Son gente que ha mandado siempre, que tienen el dinero y las tierras y que se creen mejores que los demás. Y no pueden soportar que ahora mande la gente del pueblo elegida por el pueblo.

El pequeño Anton se calló, como si hubiera entendido perfectamente la situación. Unos días después aparecieron por la villa unos carteles con la imagen de una mujer blandiendo un fusil con la mano izquierda mientras con la derecha señalaba al espectador, y el lema «Las milicias te necesitan» impreso con grandes letras. Al llegar a casa desde la escuela, le preguntó a su padre si él también debería ir a la guerra y este le tranquilizó diciéndole que no, que la República necesitaba gente más joven para luchar.

Unas semanas más tarde lo entendió mejor cuando el hermano mayor de uno de sus mejores amigos se apuntó como voluntario para combatir a los rebeldes. Se fue a Barcelona para alistarse y nunca volvió a verlo. A menudo preguntaba por él a su amigo, y el niño le contaba lo que su hermano decía en las cartas: con poca gracia, relataba la instrucción recibida, la marcha hacia el frente y los primeros combates contra el enemigo. Hasta que un día llegó la noticia de que había muerto en un bombardeo.

Para los chicos, la guerra era un mundo desconocido cargado de misterio que cada uno imaginaba a su manera, en unas edades donde la fantasía lo desborda todo. Pronto la contienda empezó a estar presente en su vocabulario, pero también en los juegos. Mucho más cuando, en otoño de 1937, llamaron a filas a la leva correspondiente a los nacidos en 1918. En total, una treintena de chicos del pueblo, muchos de ellos todavía imberbes. Tres o cuatro desertaron, al resto se los llevaron en camiones hacia Madrid. Uno de ellos escribió una carta a sus padres donde les decía que peor que los tiroteos con el enemigo, que tenían a poca distancia pero que no les permitía avanzar, era dormir sobre paja, llenos de piojos y sin quitarse la ropa. También se quejaba de pasar hambre y de haberse comido un gato, después de tenerlo con sal y vinagre durante horas. Cuando Antoni Lloret lo contó en casa, su hijo abrió los ojos como platos mientras preguntaba si los gatos se podían comer.

—Cuando hay hambre, te sorprenderías de lo que puede llegar a zamparse un ser humano —le dijo su progenitor, mientras el niño se horrorizaba, mareado, escuchando extasiado el relato de su padre.

A menudo, en el patio de la escuela o en la calle hacían simulacros bélicos con fusiles improvisados construidos con palos de madera afilados y que se colgaban del hombro con un cordel. Poco a poco, los hechos que se relataban en casa o que comentaban en el colegio fueron haciendo que la tragedia de los combates desvelara la conciencia de los niños.

No fue menos impactante la llegada de los primeros refugiados procedentes del norte de España que aparecieron en el pueblo, famélicos y desesperados, y que tuvieron que ser alojados en naves convertidas en residencias improvisadas. O el día que se les comunicó en qué cavas deberían guarecerse en caso de alarma de bombardeos. Si es cierto que en un momento de la infancia una puerta se abre y deja entrar el futuro, resulta evidente que aquellos niños observaban el porvenir con miedo y desconfianza.

Otro momento que impactó fuertemente en la vida del chiquillo fue cuando supo que el hermano mayor de uno de sus compañeros de la escuela, de catorce años, se había quedado parapléjico manipulando una pistola que había encontrado en una mesa del casal de las Juventudes Libertarias. Fue la primera víctima adolescente en el pueblo de aquella guerra y una forma trágica de entender el peligro de las armas y su efecto devastador. A aquel chico se le daba muy bien el ajedrez y, en más de una ocasión, al salir de la escuela, el hijo del sastre había jugado una partida en la plaza Nova, donde al atardecer su familia lo llevaba a distraerse debajo de los plátanos. La primera vez que se acercó a él, no pudo dejar de preguntarle si las balas dolían cuando traspasaban la piel. El muchacho le dijo que se había asustado tanto cuando sintió el impacto del proyectil en su cuerpo que no sabía explicar la sensación; solo pensó que sus padres lo regañarían y no sabría cómo responderles.

Antoni Lloret había sido un sastre reconocido por su buen trabajo, simpático por el trato con la clientela, honrado como nadie y un hombre de palabra que cuando daba la mano era como si firmara un contrato. Entre la clientela de la sastrería había habido de todo, desde burgueses ricos hasta humildes campesinos a los que les gustaba ir bien arreglados el domingo. El sastre vestía con igual porte y elegancia a la gente de derechas y a la de izquierdas, aunque los gustos —y a menudo el bolsillo— eran distintos. En cualquier caso, la cosa se complicó cuando decidió afiliarse a Esquerra Republicana y optó a ser concejal del ayuntamiento. Algunos clientes conservadores dejaron de ir y se pasaron al otro sastre del pueblo, Fidel Casanovas, con el que Antoni Lloret mantenía una dura competencia profesional y una evidente distancia política.

Su mutua animadversión quedaría clara durante la guerra, ya que el hijo de Casanovas, Josep Maria, murió asesinado a tiros a manos de un pelotón anarquista por el simple hecho de ser cura. El crimen ocurrió el 1 de noviembre de 1937; el chico tenía apenas veinticuatro años. No es que el sastre tuviera nada que ver con su muerte, pero, al parecer, un miembro de la patrulla de la CNT-FAI llamó a la centralita de Sant Sadurní para verificar si Josep Maria Casanovas, que había sido detenido en un piso de Barcelona, era o no un religioso. La telefonista pasó la llamada al ayuntamiento, y alguien, inconscientemente, confirmó que ese joven era en efecto sacerdote, como sospechaban. La respuesta se achacó a un miliciano que hacía de concejal desde pocos días antes. Aunque la persona en cuestión lo negó años más tarde, ya desde el exilio, la familia del difunto siempre lo señaló como el verdadero culpable de aquella muerte, y por extensión el resto del consistorio del que había formado parte Lloret, sin que este hubiera intervenido para nada en tan triste y desdichada historia. Reacciones viscerales y fundamentadas en el dolor como esta acabarían influyendo de una manera casi inevitable en el trágico final de Antoni.

El sastre Lloret había enseñado a su hijo a jugar al ajedrez porque decía que le ayudaría mucho en la vida, puesto que era un juego de habilidad y de estrategia, dos aptitudes que hay que desarrollar ante cualquier problema. Él era un gran jugador que antes de la guerra había participado incluso en competiciones con maestros internacionales. En cuanto le hubo contado al pequeño Anton en qué consistía el juego, le dio la primera lección:

—Los peones son muy valiosos, aunque no lo parezcan, pues constituyen el alma del ajedrez; cuando los hacemos avanzar, ya no pueden volver atrás, así que hay que cuidarlos para que no se queden aislados, retrasados o doblados.

La segunda lección fue decirle que el principal rival sería siempre él mismo, ya que cada partida era una lucha interior con sus pensamientos y sus ilusiones en cada una de las sesenta y cuatro casillas del tablero:

—Procura no compararte con otros jugadores y céntrate en tu propio progreso.

Cada noche, antes de acostarse, a Anton le gustaba jugar una partida con su padre. Era un premio diario que lo hacía disfrutar. Al principio, el sastre se dejaba ganar de vez en cuando. En los últimos meses de la guerra no hacía falta que lo hiciera, porque el chico había logrado una notable habilidad en la disposición de las piezas y a su padre no le era nada fácil vencerlo.

La Navidad de 1938 fue la más triste que se recuerda en Sant Sadurní. No había nada que celebrar. Franco había iniciado la ofensiva sobre Cataluña, que cogió por sorpresa al general Rojo, quien no había presagiado el ataque final. La invasión comenzó en el sur de Lleida, donde cruzaron el Segre, que actuaba como frontera entre ambos ejércitos. Encontraron poca resistencia en los carabineros encargados de mantener a raya a los nacionales. Los oficiales huyeron en coches cuando vieron la lluvia de bombas que, como una plaga bíblica, les caía encima. La brecha abierta era grande, aunque el mando de la República envió al general Líster y a su Quinto Regimiento para intentar taparla, resistiendo como pudieron ante el avance de las tropas italianas. Pese al coraje de los milicianos que estaban a sus órdenes, la insistencia del fuego de la artillería y los bombardeos de la aviación lograron romper las líneas republicanas; una semana después caerían Castelldans, Les Borges Blanques y Artesa de Segre. Solo quedaba la opción de la retirada, pero era evidente que ese panorama suponía facilitar el avance irremediable hacia Barcelona como último asalto hasta la frontera con Francia.

Sin embargo, a mediados de diciembre, un camión llegó desde el frente hasta las cavas colectivizadas Miró, cargado de suministros para repartir entre la gente del pueblo a las puertas de Navidad, y volvió lleno de botellas de champán para los soldados. Era un acuerdo que se había establecido con el Ejército Popular: intercambiar cajas de espumoso por latas de conserva, aceite y alimentos envasados.

El ayuntamiento decidió colgar una pancarta para felicitar las fiestas a los vecinos, pero lo importante fue que puso fin a las ordenanzas y aprobó un presupuesto para 1939, con la idea de dar una señal de normalidad. Incluso se aprobó la sustitución de los nombres de toda una serie de calles: la bajada de l'Església pasó a llamarse Anselmo Lorenzo Asperilla, en homenaje al abuelo del anarquismo español; la calle del Campanar, Salvador Seguí (el Noi del Sucre), que había sido un defensor del movimiento obrero; la de Sant Pere, Rafael de Casanovas, consejero jefe el 11 de septiembre de 1714; la de mosén Ullastre, Francesc Layret, abogado de los obreros y político nacionalista... Y así hasta una decena más.

Las tropas franquistas no tardarían en llegar al Penedès y arriar la bandera republicana del balcón del ayuntamiento. Aquellos nuevos nombres de las calles estuvieron vigentes poco más de un mes. En cualquier caso, el 13 de enero de 1939 todavía llamaron a filas a trece chicos que cumplían los dieciocho en los primeros meses del año. Tuvieron que presentarse en la Caja de Reclutas de Terrassa, desde donde los enviaron en tren hasta un centro recreativo de Arenys de Mar. Allí realizaron unas cuantas horas de instrucción en el patio de una escuela antes de que los enviaran en otro tren hasta Sant Feliu del Llobregat, donde los mandos los abandonaron a su suerte. Cuando los detuvieron, atemorizados, los franquistas los encerraron en los locales de La Hispano-Suiza antes de trasladarlos al castillo de Montjuïc. Aquellos niños no gastaron una bala ni hicieron nada por la República más que ir arriba y abajo como perplejos testigos de escenas de éxodo de cientos y cientos de familias. Los mandaron a una guerra perdida y malgastaron inútilmente los mejores años de su vida.

7

La Navidad de los corresponsales de guerra

Henry Buckley, el corresponsal de *The Daily Telegraph* con familia en Sitges, había pasado la Navidad con su esposa en el norte de Inglaterra. Sin embargo, decidió volver al Majestic de Barcelona porque las noticias no podían ser más alarmantes: Franco había lanzado una gran ofensiva sobre Cataluña, con doscientos mil soldados y la División Littorio, una unidad blindada y constituida por Benito Mussolini para ayudar a los nacionales que era la punta de lanza de las tropas. Además, tanto Londres como París se habían alineado con Franco porque la República era ya decididamente roja. Francia y Gran Bretaña estaban en manos conservadoras, y Franco les parecía un mal menor frente a los comunistas, que iban ganando poder en Europa. El dictador representaba el orden, y pensaban ingenuamente que los créditos que necesitaría España para reponerse de aquella larga guerra harían que el nuevo régimen franquista moderara su posición política.

En el vestíbulo del establecimiento del paseo de Gràcia donde se alojaba, Buckley se encontró con el corresponsal estadounidense Herbert Matthews y con Robert Capa. Era el 3 de enero, diecinueve días antes de que los franquistas entraran en Sant Sadurní. Desde el Majestic, intentaron llamar a Hemingway a su casa frente al mar del 907 de Whitehead St., en Cayo Hueso (Florida), para que volviera, ya que estaban a las puertas de la derrota republicana y merecía la pena ser testigo de ese momento histórico. No consiguieron contactar con él.

En cualquier caso, el escritor, que había venido a España con la también periodista Martha Gellhorn para vivir una historia de amor y guerra, había planteado esos mismos días la separación a su esposa Pauline para poder casarse con Martha y, además, estaba empeñado en escribir una novela sobre la guerra que se titularía *Por quién doblan las campanas*, en la que pensaba relatar la vida de un estadounidense experto en demoliciones que forma parte de la Brigada Lincoln. No fue posible hablar con él y, aunque lo hubieran conseguido, seguramente les habría respondido que tenía la cabeza en otro sitio. De hecho, poco después se buscó una casa en Cuba para vivir con Martha y redactar su novela sin la presión de la familia.

Los tres periodistas fueron de nuevo por carretera, con un chófer, hacia el frente, donde Líster intentaba resistir. Cuando llegaron, lo encontraron de un humor pésimo y con pocas ganas de hacer más declaraciones. Estaba dolido porque no le hubieran traído tropas y material de guerra desde Valencia, tal y como había pedido repetidamente. Era evidente que veía que solo con el coraje no podrían aguantar mucho tiempo. Más cordialmente les atendió el joven coronel Tagüeña, aunque era consciente de que la tragedia llamaba a la puerta. Los invitó a su tienda a tomar un café y les confesó que la resistencia se acababa, que apenas tenían dos o tres ametralladoras por batallón y treinta cañones para toda la división:

—Ayer nos trajeron un tanque que se había incendiado. Sacamos los restos de los dos tanquistas que todavía estaban dentro, lo limpiamos, lo reparamos como buenamente pudimos y hoy volvía a estar en servicio. Las cosas van así en ese frente, no nos pueden pedir mucho más: haremos lo que podamos.

Los corresponsales recorrieron las trincheras para ver el ambiente que se respiraba e incluso tuvieron que esconderse en una porque los franquistas lanzaron un primer ataque sobre las posiciones republicanas. En cuanto pudieron, regresaron al coche para retirarse hacia la carretera en dirección a Les Borges Blanques, villa que había sido destruida por la aviación a pesar de no ser un objetivo militar; la población civil había huido a toda prisa para salvar la vida. Mientras circulaban por aquellos campos donde empezaban a brotar algunos almendros, de repente un diluvio de bombas y obuses les hizo pensar que no saldrían vivos de aquella lluvia de fuego. El chófer apretó el gas y se desvió por el primer camino boscoso que encontró. Tuvo que maniobrar con pericia y velocidad para encontrar un escondite, hasta que fueron conscientes de que habían escapado de aquella razia por muy poco. Detuvieron el coche y aprovecharon para respirar hondo, comer algo y beber un vaso de vino. Ese día, los periodistas tuvieron la sensación de que habían nacido de nuevo.

El 15 de enero de 1939, una semana más tarde de esta aventura, los tres corresponsales decidieron ir por el Ordal, camino de Tarragona, para ver la retirada de las tropas. Matthews lo describió así en sus notas:

> El día en que Tarragona finalmente cedió hacía muy buen tiempo. Los árboles empezaban a florecer e incluso nos picaron los mosquitos. La belleza natural del paisaje subrayaba el horror y el patetismo de lo que sucedía. Tres factores eran constantes: aviación, artillería y fuego, y esa riada interminable e infinitamente infeliz de refugiados. No había ningún pedazo de carretera, por pequeño que fuera, sin aquellos carros lentos cargados hasta lo alto de pertenencias que habrían sido desestimadas por cualquier comerciante de segunda mano, pero que para esta pobre gente era todo lo que poseían en el mundo. Esto también era un éxodo, una ida al exilio que había alcanzado dimensiones de tragedia bíblica. Bebés y corderos nacieron en estas carreteras. Hombres y mujeres mayores y animales agotados morían antes de llegar a buen puerto.
>
> Los aviones continuaban bombardeando y ametrallando las carreteras varias veces al día, aportando su cuota de muertes o heridos, o la destrucción de carros y pertenencias. Todos iban por la misma carretera. De este modo, los civiles se veían atrapados por la maquinaria que otros habían puesto en movimiento. A pesar de estos ingredientes —cansancio, hambre,

terror y muerte—, no se escuchaba ni un solo lamento. Encontrar la sonrisa, la cortesía o la amabilidad de toda esa gente era como si se acentuara la tragedia. [...]

A nadie le hacían falta órdenes para continuar e ir a toda prisa, ya que los aviones rebeldes no pararon en todo el día. Nadie podía escabullirse y nosotros lo tuvimos que afrontar como todo el mundo. Tuvimos que afrontarlo como todo el mundo mientras bombardeaban y ametrallaban las carreteras.

El chófer regresó a la carretera en dirección a Tarragona, donde los periodistas pudieron comprobar que a las dos de la tarde la ciudad estaba todavía en manos del Gobierno de la República, si bien los italianos y los navarros ya se aproximaban por el sur y el oeste. De hecho, no tuvieron tiempo de escabullirse de los combates, que empezaron a los diez minutos. Ocultaron el coche debajo de unos árboles y se escondieron tras unos matorrales que encontraron a poca distancia. Cinco aviones Savoia-Marchetti que venían del mar bombardearon la carretera. Unos minutos después, dos escuadras de bombarderos rociaron de nuevo con fuego las vías de entrada y salida de Tarragona, también la vía férrea. Los periodistas y el conductor aprovecharon ese corto paréntesis en el combate para llegar al muro de un puente del ferrocarril en el que había tres mujeres con sus niños. Hay que decir que perdonaron a la ciudad, pero a su alrededor plantaron un cinturón de pólvora y chatarra que intimidaba.

Una hora más tarde, cuando la aviación franquista había realizado su trabajo intimidatorio, volvieron al coche para regresar a Barcelona. Buckley le dijo al chófer que cuando llegara a Sant Sadurní se detuviera un momento para comprar unas botellas de cava para brindar por haber salvado la vida. Cuando finalmente encontraron el establecimiento que les había vendido un par de botellas unas semanas antes, Herbert Matthews levantó la copa por Hemingway, a quien echaban de menos con sus bromas y fanfarronadas, y relató la siguiente historia:

—¿Sabéis qué me explicó Ernest? Que en realidad era menos descreído de lo que la gente pensaba. Durante la pasada Gran Guerra, tenía una piedra roja que su hijo Bumby le había dado como amuleto. Pero una mañana, en Inglaterra, cuando habían programado que volara en una misión de la RAF, la camarera del hotel le llevó los pantalones a la lavandería y se los devolvió sin la piedra milagrosa. El coche de la RAF le estaba esperando para ir al campo de aviación y él sudaba con la idea de sobrevolar Alemania sin su talismán, así que le dijo a la camarera: «Deme algo que me sirva de amuleto, cualquier cosa, y deséeme suerte, con eso tendré bastante». Ella no tenía nada en los bolsillos del uniforme, pero cogió el tapón de corcho de una botella de champán y se lo dio. Y menos mal que disponía de ese amuleto: todos los aviones de la misión fueron abatidos, excepto el suyo.

La dependienta de la tienda, que había oído la historia, les dio los dos tapones de sus botellas de cava y fue a buscar otros dos.

—Aquí los tienen. Y que los tapones les traigan mucha suerte.

Al menos esa noche llegaron sanos y salvos a su hotel de Barcelona. Ni los volvieron a ametrallar en la carretera ni el chófer se despeñó.

Cuando entraban en el Majestic, Capa le dijo a Matthews si se creía lo que Hemingway le había contado en su día.

—¿Por qué no? Pero también es cierto que Ernest es tan buen periodista como novelista. Y, en este sentido, imaginación no le falta.

—¿Y si vamos a tomar una última copa al bar y conseguimos un nuevo amuleto para resistir el final de esta locura bélica? —propuso Capa.

Así era la guerra para ellos, una mezcla de aventura, trabajo y apuesta personal, ideales y ambición. Capa moriría en Vietnam quince años más tarde, pero su legado fotográfico lo consagró como uno de los mejores reporteros gráficos que han existido; Herbert Matthews se implicaría incluso personalmente en la Revolución cubana y se haría famoso por su entrevista a Fidel Castro en Sierra Maestra, y Henry Buckley se convirtió en uno de los corresponsales de guerra más brillantes del siglo xx.

8

La hora de las revanchas

Una noche de enero, cuando las tropas franquistas ya se acercaban a Sant Sadurní, los Lloret cenaron en silencio. A la hora del postre, su hija, Antònia, se atrevió a preguntar si a ellos les pasaría algo por haber perdido la guerra, ya que había oído en la calle que, cuando la contienda terminara, mucha gente pagaría por todo lo que se había hecho en el pueblo en aquellos años. Antoni le dijo que las cosas se irían arreglando, pero que no tenían que sufrir porque ellos no le habían hecho ningún daño a nadie. La niña se levantó de la mesa y le dio un abrazo a su padre, un gesto que más bien parecía una manera de inmovilizarle para que nunca los dejara.

Aquella noche, cuando Antònia preguntó si les pasaría algo por haber perdido la guerra, él le dijo a su esposa, Ramona, que quizá lo mejor sería que toda la familia se marchara de Sant Sadurní.

—¿Huir? ¿Te has vuelto loco? ¿Dónde quieres que vayamos, sin dinero y con dos niños pequeños? —le dijo ella sin tapujos.

—Podríamos huir a Francia y esperar a ver cómo

evoluciona la situación. Tengo muy mal cuerpo, Ramona, y peores sensaciones.

Sin embargo, la mujer se negó en redondo.

—¿Qué quieres que hagamos en Francia, si no hablamos francés ni conocemos a nadie? Además, estará lleno de desgraciados como nosotros, sin rumbo y a la espera de un futuro que nadie puede garantizar. Si quieres, vete, pero los niños y yo nos quedamos aquí. Será lo mejor.

A Antoni le alteró la contundencia de las palabras de su esposa, ya que era consciente de que su vida corría serio peligro. Sabía que algunos del pueblo se la tenían jurada y que los vencedores no tendrían contemplaciones. Ya hacía tiempo que llegaban inquietantes rumores de otros lugares que habían caído en manos fascistas. Llevaba semanas en constante alerta y no podía dormir.

El 22 de enero de 1939, la esperanza republicana se perdió en Sant Sadurní. Escuadrillas de aviones de la Legión Cóndor sobrevolaron el cielo del Penedès y bombardearon caminos, carreteras y propiedades.

Hacía días que refugiados procedentes de Tarragona y soldados del ejército republicano en desbandada atravesaban el término municipal camino de Barcelona o, directamente, del exilio. La mayoría sin armas, algunos hacinados en coches o vehículos de todo tipo, con la derrota dibujada en el rostro y una tristeza infinita en la mirada, eran la viva imagen del derrumbe de la República. La noche anterior, las hogueras de las tropas moras iluminaban la oscuridad cerca de la fábrica de tejas de la entrada de Vilafranca; eran la vanguardia de la soldadesca franquista. Quedaba claro que era cuestión de horas que entraran en la población.

Ante el avance de las tropas del general Franco, miembros del comité de Sant Sadurní implicados en la violencia desatada en la villa, como Ernest Roca *el Vidrier,* Valentí Zaragoza o el propio Pere Valent, huyeron en el último momento en dos camiones, rumbo a la frontera. Unos terminaron en Figueres, debido a un bombardeo, otros en el campo de refugiados de Argelès. Desde la madrugada, la carretera estaba llena de vehículos y de gente que intentaba escapar llevándose lo que buenamente podían. Entre esta multitud no solo había gente del pueblo, sino que no dejaban de llegar soldados en retirada que venían del frente. Se tenía el convencimiento de que las fuerzas nacionales se presentarían en cualquier momento y que debían marcharse a toda prisa por miedo a lo que pudieran hacerles. Aparte de las responsabilidades políticas de cada uno, nadie era ajeno a los rumores que corrían sobre la crueldad extrema de las tropas moras al llegar a las poblaciones conquistadas, y mujeres y niños corrían asustados y subían a los vehículos que salían del pueblo, cargados con lo indispensable. Habían llegado historias terribles a oídos de los habitantes de que por donde pasaban los franquistas cometían todo tipo de atrocidades; especialmente feroces eran aquellas gentes del Rif con la población civil.

Muchos habitantes de la villa habían pasado la noche en el interior de las cavas Rigol, Lincoln,

Freixenet y Lavernoya para protegerse. En estas últimas se había refugiado la banda de música de la División del Campesino, con la intención de entregarse a los franquistas cuando estos llegaran. No era ninguna excentricidad que el Campesino dispusiera de su propia banda de música. Tanto en la zona franquista como en la republicana, las bandas musicales tenían un papel relevante, sobre todo porque solían actuar en los pueblos y ciudades que iban conquistando unos o que conseguían defender otros. Valentín González, conocido como el Campesino, era un militar acusado de brutalidad por los subordinados, los prisioneros y sus superiores, que desempeñó un papel bastante polémico al final de la guerra, tras abandonar por la noche el frente de Teruel —y a su tropa— cuando la caída de la ciudad ante los insurgentes parecía inminente. La banda mantuvo el nombre del militar, a pesar de su fuga precipitada y poco honorable.

Aquella madrugada, no solo la gente de derechas, sino también muchos republicanos convencidos, querían que la pesadilla terminara de una vez. En las últimas semanas, la tensión había crecido. Los saqueos de establecimientos, el aumento de refugiados y la muerte de soldados de Sant Sadurní caídos intentando defender posiciones cercanas habían disparado la angustia. La gente temía un bombardeo indiscriminado o una irrupción violenta si se les intentaba detener.

La familia Lloret —la abuela Dolors, el padre Antoni, la madre Ramona y los dos niños, Antònia y Anton— pasó la noche en unas galerías bajo tierra en las que se envejecían botellas de cava y que habían sido acondicionadas como refugio. No era la primera vez que se ocultaban en aquel lugar después de escuchar el aviso de las campanas y las llamadas de los empleados municipales. Allá abajo, las rocas chorreaban humedad y los niños temblaban de frío. Los arcos de piedra parecían dar una protección más imaginada que real, teniendo en cuenta que todo el mundo en el pueblo conocía estos refugios. Antoni Lloret sentía una enorme inquietud, ya que sufría por su familia. Íntimamente estaba tranquilo; él no había intervenido personalmente en ningún hecho de sangre ni era responsable de la muerte de ningún vecino, pero no tenía nada claro que el odio de algunos le fuera en contra y no le dejaran defenderse en caso de que los ganadores de la guerra lo hicieran prisionero. Además, era miembro de ERC, responsable político en el ayuntamiento republicano y había participado en el comité. Un sudor frío le mojó la frente al recordar los asesinatos perpetrados por algunos compañeros y los episodios que había vivido el pueblo cuando él formaba parte del consistorio. No, no pudo hacer más de lo que había hecho, o habría comprometido la integridad de la familia. Pero era consciente de que mucha gente lo consideraba culpable por republicano, al igual que al resto. El corazón se le disparaba al pensar en lo que podía pasarle si lo apresaban.

Mientras estaban allí, llegó resoplando un amigo del sastre, que agarrándole del brazo y gritando desesperadamente le imploró que se marchara.

—Antoni, por el amor de Dios, debes huir de

aquí. —El hombre estaba realmente alterado, con los ojos empapados de miedo—. Un conocido mío de derechas que me debe un favor me ha dicho que serás de los primeros a los que irán a buscar cuando entren los franquistas, para matarte, así que debes huir lo más lejos posible y durante una larga temporada. En el pueblo hay gente que está perdiendo la cabeza y se extienden las acusaciones y amenazas a gritos. Hay quien se ha vuelto loco... Faltan horas para que entren los franquistas. ¡Huye ahora que puedes!

Los niños se agarraron a las faldas de su madre y se echaron a llorar.

—Mamá, no, no es cierto —gritaba Antònia—. ¿Verdad que no, papá? ¡Tú eres bueno, tú eres muy bueno!

—Claro que no, hija mía, quédate tranquila —trató de calmar a la niña. Y, volviéndose hacia su vecino, se lo llevó a un rincón, para que no lo escuchasen sus hijos, y le dijo, como si quisiera convencerse a sí mismo—: Oye, no puedo creer que quieran matarme, yo no he hecho ningún daño a nadie, no pueden acusarme de nada sin mentir. Tú sabes perfectamente que a menudo he defendido a gente del pueblo a la que el comité tenía entre ceja y ceja. Siempre he hecho lo que he podido para controlar la situación. Me parece imposible que esté en alguna lista, yo he ejercido mi oficio y mi labor municipal con el máximo compromiso personal. ¿Eso debe suponer una condena a muerte? ¡No!

La abuela Dolors, a quien no se le escapaba nada, se acercó a su hijo y le dijo:

—Es la hora de las venganzas, no hace falta haber hecho nada para que te acusen de cualquier delito. La guerra no acabará hoy, hijo mío, créeme. Le faltará tiempo a Fidel, él, que solo viste a la gente de derechas, para explicar que eres un republicano peligroso. O quizá lo hagan aquellos por los que no te dejaste corromper cuando estabas en el ayuntamiento. Has sido miembro del comité, y eso muchos nunca te lo perdonarán. Demasiadas muertes, demasiada violencia. Y, no nos engañemos, en las derrotas, la honradez se menosprecia. —A pesar de que no era mujer de gestos cariñosos, le acarició una mejilla y lo miró con una ternura teñida de cierta desesperación, una súplica muda—. Vete una temporada y, cuando las cosas se hayan calmado, vuelve a casa, que te estaremos esperando. Sé que lo que te estoy pidiendo es duro, pero hazlo por nosotros, hijo mío.

En ese punto, la pequeña Antònia se les acercó, saltó al cuello de su padre y le pidió entre súplicas que la llevara con él. Antoni la besó y le dijo que no sufriera, que todo iría bien y que entre todos decidirían qué hacer.

—Volveremos a estar juntos, ratita, antes de lo que piensas, pero la abuela tiene razón. Lo primero es desaparecer un tiempo y esperar a que la situación se estabilice. Todo irá bien, pequeña, no sufras, ¿oyes? Papá volverá enseguida, ya lo verás.

—Huye y escóndete hasta que todo se tranquilice un poco. Vendrán tiempos muy difíciles, y mejor que no te encuentren, en situaciones de crisis pagan justos por pecadores. Precisamente porque tienes una familia a la que quieres debes desaparecer de esta casa. Ya nos las arreglaremos como buenamente podamos. El resto de la familia nos ayudará a pasar este mal trago. Te esperaremos ansiosos, pero lo que te toca ahora es encontrar un lugar seguro donde estés a salvo —insistió la abuela, a la que no le tembló la voz en todo su parlamento, como si tuviera las cosas muy claras, a pesar de la tensión extrema de lo que estaban viviendo, escondidos bajo tierra.

Antoni miró a su mujer, y ella hizo un gesto afirmativo con la cabeza mientras dos lágrimas le rodaban por el rostro. El hombre salió del escondite para ir a su casa, coger la documentación, algo de comida y una muda. Faltaban apenas unas horas para que los franquistas entraran en la villa.

Aquella madrugada logró plaza en el coche de dos compañeros de partido que pretendían llegar a Francia antes del asalto definitivo de la ofensiva franquista. En aquellos momentos era plenamente consciente de que, tan pronto como el grueso de las tropas avanzara hacia Barcelona, la reserva de militares que, con la colaboración de los falangistas locales, tomaría el control de Sant Sadurní, irían a buscar casa por casa a todos los que habían tenido responsabilidades en el pueblo. Y él era uno de los más señalados.

Sobre las nueve de la mañana, dos Junkers nazis que procedían del aeródromo militar de La Sènia sobrevolaron Sant Sadurní y en la segunda pasada dejaron caer media docena de bombas sobre la población indefensa. Querían atemorizarlos, hacer que los milicianos se marcharan y, sobre todo, que nadie tuviera la tentación de enfrentarse a ellos. Uno de los proyectiles cayó en una vaquería y mató a todo el ganado; otros impactaron en la fábrica donde se fabricaban blindados, en inmuebles del centro y en los viñedos de los campos que rodeaban el pueblo.

Las tropas franquistas llegaron a Sant Sadurní por las carreteras de Vilafranca y Torrelavit, y por la vía del ferrocarril, coincidiendo cerca de la estación con los que bajaban desde el Ordal, sin que nadie opusiera resistencia. Y todavía había una tercera columna que provenía de Sant Quintí y Sant Pere de Riudebitlles. En total, dos divisiones alcanzaron el lugar hacia primera hora de la tarde. Lo que más impactaba era la presencia de los soldados marroquíes, mal vestidos y cubiertos con chilabas, oscuros de piel y con anillos en la nariz y en las orejas. Los moros del Cuerpo de Ejército Marroquí contrastaban con la vestimenta y el aspecto aseado de los voluntarios italianos de las Flechas Verdes. Cuando los veían llegar a la villa, los niños se escondían detrás de las faldas de madres, abuelas y tías.

El estrepitoso ruido metálico de dos tanques soviéticos capturados por las tropas nacionales que entraron a toda velocidad por la calle del Raval fue el inicio de la llegada de los invasores. Uno bajó por la calle dels Cavallers, donde vivía la familia del sastre republicano, e iba tan rápido que pasó de largo de su objetivo, pues quería detenerse frente a la plaza del Ayuntamiento como signo de autoridad. El otro subió por la calle de la Diputació a toda velocidad y paró en seco cuando se oyó una gran explosión que destruyó el puente de la estación. Era un puente muy sólido, de cuatro pilares; se requirió mucha dinamita para volarlo. Un experto local en demoliciones se encargó de las operaciones, que incluían el derribo con explosivos de otros dos puentes, el de la calle de Sant Pere y el de la carretera a Gelida. También estallaron las cargas instaladas en los fosos de Can Codorniu, lo que provocó serios destrozos. El estropicio de botellas resultó notable, aunque el tamaño de las instalaciones y la longitud inacabable de las galerías hizo que solo se estropeara una pequeña parte del espumoso que guardaban.

Una fuerte explosión seguía a otra, y a otra, y, por un momento, los habitantes de Sant Sadurní tuvieron la sensación de que la villa saltaría por los aires. Durante unos minutos se hizo el silencio en las calles, como si el tiempo se hubiera detenido, como si los aldeanos contuvieran la respiración.

El primer tanque en entrar en la localidad fue también el primero en reanudar la marcha, pero, consciente de que no iban por el buen camino, uno de los ocupantes se asomó por la torreta y preguntó a un niño, que corría como alma que lleva el diablo, dónde estaba el ayuntamiento. El chiquillo era la única persona que habían visto por la calle, y observaba el tanque asustado, como si se tratara de un ingenio de otro planeta. El niño se quedó paralizado al oír la voz del militar y lo miró con cara de susto. Balbuceante, los informó de que habían pasado de largo, que debían retroceder. Finalmente, el blindado pudo plantarse frente al consistorio y sus ocupantes salieron del interior para acceder a la Casa de la Villa, como si fueran los nuevos dueños de la finca. Horas después, allí se redactaría el comunicado de guerra, en el que se informaba de la detención de dos mil prisioneros, entre los que figuraba la banda de música del Campesino, a la que de nada sirvió ponerse a tocar el Himno Real una y otra vez, como si fueran un disco rayado, en homenaje a los franquistas cuando estos llegaron a la plaza. También hicieron constar la muerte de un comisario político y de varios oficiales, así como la confiscación de locomotoras, vagones, blindados, depósitos de municiones y almacenes de comida. El parte de guerra republicano se alejaba más de la realidad; quería motivar a la tropa. El redactado decía que habían mantenido intensos combates, que los aviones republicanos habían causado bajas en las defensas de Sant Sadurní y que habían logrado rectificar la línea de fuego. No se hacía ninguna mención de la voladura de los puentes que habían ejecutado los zapadores republicanos.

La entrada de las tropas hizo que la gente saliera masivamente a las calles y que ocupara buena parte del centro. La banda del Campesino fue obligada a improvisar un pasacalles mientras un camión de los franquistas repartía pan y chocolate para los niños; harina, azúcar y latas para las familias, y tabaco para los hombres, mientras muchos de los habitantes del pueblo vitoreaban a los nacionales, con el brazo arriba y gritando: «¡Franco!, ¡Franco!, ¡Franco!». En las horas siguientes, numerosos balcones aparecieron adornados con pancartas y banderas, y se destapó más de una botella de espumoso. En este contexto se empezaron a realizar los preparativos para organizar un baile popular.

La familia Lloret, horas antes, ya había tomado una decisión: el padre había optado por irse de madrugada con dos amigos republicanos. Las amenazas que les había transmitido su vecino habían sido suficientes para conseguir que se decidiera. La madre, la abuela y los niños lo miraban todo desde el balcón de su casa, pensando que la resistencia se acababa, que ya nada tenía remedio. La mujer y la madre del sastre quemaron en la chimenea papeles del ayuntamiento que Antoni guardaba en casa y cualquier carnet o fotografía comprometedora. Había tres cosas que Antoni Lloret no quiso que ardiesen, y que se llevó a pesar de que podían delatarlo: una fotografía de 1933 junto a Francesc Macià en la Casa de la Villa, debajo de un busto de la República, el día que al presidente de la Generalitat lo nombraron patricio honorable de Sant Sadurní; una dedicatoria de Pau Casals de cuando el municipio le dedicó una plaza, y un escudo de ERC para la solapa que había lucido desde el día en que lo hicieron concejal. Todo ello lo guardó siempre y fue la herencia que le dejó a su hijo, que lo conservó toda la vida y que a mí me enseñó más de una vez como si mostrara un verdadero tesoro.

La familia Lloret pensó que lo había perdido todo y temía también perder la dignidad. La dignidad entendida como respeto a uno mismo y como la voluntad de no dejar que nadie degrade la memoria. Una inmensa tristeza se apoderó de aquella familia, que no acababa de entender que la gente viera a los invasores como liberadores. No es que todo un pueblo se hubiera vuelto franquista, sino que la gente no podía más de tantas privaciones, tanto miedo y tanta incertidumbre. Y en ese sentido vieron el final de los combates como un elemento de tranquilidad. Pronto se darían cuenta de que la pesadilla no había terminado. La única esperanza era que Antoni, quien se marchaba hacia el exilio para volver algún día, consiguiera salvarse.

9

La violación grupal de Montserrat

El ejército franquista ocupó el consistorio y el general Juan Bautista Sánchez González, al frente de la 5.ª División de Navarra, designó a Antoni Llopart como nuevo alcalde provisional. Lo segundo que hizo fue dar la orden de organizar un baile en la plaza del Ayuntamiento ese atardecer para que los militares confraternizaran con la gente del pueblo que no había huido. La tercera disposición, la detención y el encarcelamiento de los disidentes, la dejó para el día siguiente. La población quería celebrar el final de la guerra, pensando que la victoria traería tranquilidad y orden. Lo que no podían imaginar era que también significaría represión y venganza. El fin de las libertades individuales y de la autonomía política. La persecución de la lengua catalana y de quienes pensaban diferente.

Un general que comandaba a las tropas invitó a la banda del Campesino, que se había ido a dormir republicana y se había levantado franquista, a tocar pasodobles en la plaza de la Vila, un rato más tarde, para que la gente pudiera disfrutar del fin de la guerra.

El día que entraron las tropas de Franco hacía frío en Sant Sadurní y era necesario abrigarse, pero el sol invernal mantenía las temperaturas en un rango soportable. Fueron varios cientos de vecinos los que se acercaron a la plaza para celebrar el fin de aquella pesadilla, entre ellos una niña de doce años, Montserrat Ventura. Su padre había sido uno de los encargados de Can Codorniu durante la colectivización y había contribuido a que en la bodega todo siguiera funcionando con el mínimo trastorno posible. A Montserrat le encantaba ver cómo sus padres bailaban y cómo la gente brindaba con cava. Quien más quien menos pensaba que las cosas volverían a ser iguales. ¿Iguales a qué? Pues iguales que siempre. Pero lo cierto es que los sustos y las pesadillas no habían hecho más que empezar.

Habían sido muchos días de angustia y los niños querían aferrarse a la vida. A Montserrat le gustaba bailar y tenía mucha gracia al seguir la música. Se había hecho trenzas y se había puesto el vestido de los domingos con una rebeca de lana gruesa. Sus padres la observaban a poca distancia, con la satisfacción de ver a su hija riendo y saltando en la plaza mientras sonaba la orquesta. Habían perdido la guerra, pero conservaban la vida y, lo que era más importante, las ganas de ser felices. Poco podían imaginar lo que pasaría después, cuando volvieron a casa sobre las ocho y media de la tarde. Montserrat les pidió que la dejaran quedarse diez minutos más en la plaza y, como vivían cerca, sus padres accedieron a la petición después de encargarles a un par de chicos mayores, conocidos de la familia, que no la perdieran de vista y que más tarde la acompañaran a casa. Sin embargo, uno de los numerosos soldados magrebíes que rondaban por allí y que bebían sin parar se fijó en la chica y, cuando esta se marchó camino de su domicilio flanqueada por los dos chicos, la siguió de lejos y así descubrió dónde vivía.

La chica llegó a casa sana y salva, pero acto seguido empezaría un cuento de terror cuando oyeron golpear la puerta y abrieron. Cuatro soldados moros del ejército franquista, borrachos y fuera de sí, entraron violentamente y se llevaron a la niña de un tirón. De nada sirvió que el padre tratara de detener a los intrusos, ni que la madre implorara que no le hicieran nada a su hija. Aquellos malvados no tenían piedad porque no conocían esa palabra. Franco reclutó a más de cien mil moros analfabetos, que dejaron las tierras del Rif para combatir en primera línea de fuego. Huían de la miseria y del hambre a cambio de una paga de ciento ochenta pesetas al mes y un lote de azúcar, aceite y pan para su familia. Durante la guerra fueron carne de cañón e instrumento de terror; se documentaron saqueos, violaciones y amputaciones con la complicidad de los mandos, que les dejaban hacer en los municipios ocupados, siguiendo los métodos de las guerras coloniales.

A Montserrat la cogieron mientras gritaba e intentaba escapar dando patadas al aire y codazos a los cuerpos de aquellos monstruos, que se reían viendo la impotencia de la familia. Esta no sabía a quién acudir para defender a su hija. Aquellas bestias desbocadas se llevaron a la víctima hasta un descampado junto al campo de fútbol, que estaba en la más absoluta penumbra, y uno tras otro la violaron. Ella gritaba, pedía piedad, intentaba rezar para que aquella tortura no se alargara más. Se sintió reventada, acuchillada, abierta en canal. Un profundo dolor acabó paralizándola. En un momento dado perdió la conciencia y le pareció morirse, porque dejó de respirar cuando uno de esos hombres le puso la mano en la boca para no oírla gritar. Tras esa violación salvaje, la abandonaron en el descampado.

Montserrat perdió la noción del tiempo. No sabía si estaba viva o muerta. O si el dolor acabaría matándola. Durante unos minutos no supo dónde estaba ni qué hacer. Finalmente intentó ponerse en pie, pero no lo consiguió a la primera. Le fallaban las rodillas y el dolor de todo el cuerpo la consumía. Tenía una brecha en la cabeza, los brazos y las piernas llenos de morados, el labio partido y la sangre le chorreaba entre los muslos. Le habían arrancado el vestido y rasgado la rebeca. Se levantó como pudo, tapándose con la poca ropa que había quedado entera. Con las piernas temblorosas, apoyándose primero en los árboles del camino y después en los muros de las calles, logró llegar hasta su casa.

Su madre oyó su llanto desde el balcón. Bajó corriendo y la abrazó, para llevársela rápidamente al baño. No quiso que le contara nada, intentó que el agua la ayudara a sentirse limpia, como si quisiera quitarle cualquier vestigio de aquellos criminales que con total impunidad le habían arrebatado la inocencia, le habían arruinado la vida. El padre, que la había estado buscando por todos los rincones del pueblo sin éxito, fue a llamar al médico, que le dio un calmante a la chica antes de curarle las heridas del cuerpo. Las del alma quedarían para siempre.

En cualquier caso, para la familia Ventura fue el momento más terrible de su existencia, un hecho que les marcaría la vida como ningún otro. Nada volvería a ser igual. No sabían qué hacer para defender el honor de su hija, porque los autores de ese crimen eran las fuerzas ocupantes, así que difícilmente un mando franquista los delataría y actuaría contra ellos. Y, por otra parte, pensaron que denunciar los hechos significaba dejar a la niña en evidencia ante los vecinos y hacer que la vergüenza la acompañara toda su vida. El mundo se había vuelto del revés: los culpables de un delito tenían impunidad y la víctima debía esconder las brutales agresiones a las que había sido sometida.

Al día siguiente, su padre lo comentó con quien provisionalmente tenía las llaves del ayuntamiento, su amigo Casimir Montagut, hermano del alcalde republicano Napoleó Montagut, quien horas antes había emprendido el camino del exilio para salvar su vida. De todas formas, decidieron que se entrevistarían discretamente con la autoridad militar, aunque no confiaban en que sirviera de nada.

Así lo hicieron: le hablaron de la violación que había sufrido Montserrat a un teniente coronel, que se sintió manifiestamente incómodo durante la denuncia. En cualquier caso, horas después, este organizó una rueda de reconocimiento que resultó una farsa. La madre de la niña, que había visto cómo los soldados moros se llevaban de casa a su hija por la fuerza, vio desfilar ante sus ojos a un grupo de militares. Todo fue un teatrillo, una forma de salvar la cara, porque el grueso de las tropas franquistas ya había abandonado Sant Sadurní por la carretera de Gelida y Martorell en dirección a Barcelona, que sería ocupada el 26 de enero de 1939, es decir, cuatro días después de aquellos hechos que nunca tendrían castigo. Los violadores ya estaban lejos.

Los padres de Montserrat y la misma niña se conjuraron para no contarle a nadie nada de lo ocurrido. Decidieron que sería un secreto de familia. El hermetismo funcionó y durante muchos años nadie conoció esa historia. Por suerte, la joven no se quedó embarazada, aunque contrajo una infección venérea grave. El médico que la atendió determinó que el medicamento que podía curarla era una inyección de sales de oro que solo podía adquirirse en la Alemania nazi, de modo que tuvieron que romper por una vez el hermetismo y hablarle de esa tragedia al empresario Manuel Raventós, de Can Codorniu, en cuanto regresó a su finca para volver a hacerse cargo de la compañía. El industrial se puso en contacto con los importadores de su cava en Alemania, que llamaron a las puertas adecuadas y, finalmente, lograron las sales áuricas que acabarían curando a la chica, si bien la convalecencia duró cerca de tres años. Raventós pagó de su bolsillo todos los gastos y fue tremendamente discreto sobre este episodio. Por su parte, la familia se inventó que Montserrat sufría de una enfermedad intestinal y que estaba en tratamiento, y todo el mundo lo aceptó sin hacerse más preguntas.

Finalmente, la chica se curó. O, para ser más exactos, superó la enfermedad que le habían contagiado aquellos criminales. Sin embargo, jamás pudo superar ese trauma, ni la vergüenza íntima y profunda por lo que le había ocurrido. Todo ello condicionó su personalidad. Aquella chica dulce, servicial y risueña se convirtió en una persona arisca, escasamente sociable y sobre todo muy inestable. Se quedó soltera y nunca pudo mantener una relación sentimental con nadie. Cuando terminó sus estudios, decidió ejercer de misionera en Brasil y más tarde en el Congo, una manera de huir de todo y de todos, pero a la vez de sentirse útil. Hizo el voto de castidad como si fuera una monja, como si con ese juramento a Dios quisiera apartar de su vida cualquier relación con la sexualidad. Quienes la conocieron dicen que nunca encontró la paz interior y que desarrolló crisis místicas. Alguna vez había contado que se le había aparecido el diablo y que la perseguía para llevársela con él.

Montserrat era la prima de mi suegra y, al preguntarle a mi mujer por ella, me contó que de adolescente iba a verla cuando volvía de las misiones. Recuerda que era una mujer delgada y que vestía con un hábito blanco que le daba un aire de santidad. Llevaba siempre gafas de sol, como si quisiera protegerse de las miradas de los demás. No le daba ninguna pereza ir a visitarla porque le relataba episodios vividos en tierras lejanas que la remitían a las novelas de Verne o de Salgari que tanto le gustaban.

Pero nunca supo nada de la tragedia que le tocó vivir. Cuando Montserrat regresó definitivamente a Sant Sadurní, ejerció de profesora de música en el colegio de las Hermanas Carmelitas y tocaba el órgano en la iglesia parroquial durante las celebraciones religiosas, cosa que hacía con bastante gracia.

El historiador Carles Querol escribió en su blog sobre el caso de esa violación en grupo, ochenta y tres años después de haberse perpetrado. Querol relata que, en la segunda mitad de la década de los sesenta, en una de las sesiones de cinefórum de La Cambra, se proyectó *Dos mujeres*, una película del legendario Vittorio de Sica. La escena más dramática es la violación en grupo de una madre llamada Cesira, interpretada por Sophia Loren, y de su hija Rosetta, mientras las tropas aliadas empujaban a los nazis hacia el norte de Italia. Un grupo de soldados de las fuerzas coloniales marroquíes, integrados en los aliados, abusaban de ellas dentro de una iglesia en escombros. Dice Querol que esa secuencia le impresionó tanto que se le viene a la cabeza cada vez que los medios informan de una violación grupal. En esos momentos, desconocía el caso de Montserrat Ventura, a quien había tratado cuando le daba clases particulares de solfeo y guitarra en su casa. Nadie le había hablado nunca del caso, hasta que recientemente, en plena pandemia del covid-19, unos familiares le relataron la tragedia que había vivido su profesora de música. Un drama del último día de la guerra en el pueblo: ella fue una víctima más del ejército franquista.

Aquella chica alegre y presumida murió en vida

esa noche en un descampado a manos de unos soldados reclutados en tierras del Rif. Su juventud no pudo transcurrir como la de las otras niñas de su edad y tuvo que arrastrar en silencio un estigma terrible y una carga insoportable.

10

Un exilio de ida y vuelta

No habían pasado ni cuarenta y ocho horas de la huida de Antoni Lloret cuando una pareja de guardias civiles llamó a la puerta de la sastrería. Abrió su esposa, Ramona. Los miembros de la Benemérita preguntaron por su marido, y ella les respondió que desconocía dónde estaba, que el día antes de la entrada de las tropas franquistas había decidido ir a Barcelona para llevar unos trajes y no había vuelto.

—Ay, señores, estoy muy preocupada porque no haya dado señales de vida —les dijo con los ojos llorosos, embargada por una tristeza que no era sino pánico a que se descubriera que su marido se había marchado a Francia y tomaran represalias contra la familia—. Les ruego que, si saben algo de él, tanto si está vivo como si está muerto, por favor me lo hagan saber, porque mis hijos están muy tristes... De repente se han quedado sin padre.

—Señora, no nos tome por imbéciles, sabemos que su marido ya no está en el pueblo, lo vieron huir como un conejo hace dos días. Apártese y déjenos pasar.

Entraron en la casa sin pedir permiso y la recorrieron de arriba abajo para ver si lo encontraban o si descubrían algún elemento que les diera pistas de dónde podía esconderse. En la despensa hallaron seis botellas de espumoso y decidieron requisarlas.

—Ahora que no está su marido, no tendrá que celebrar nada —le dijo uno de los agentes, acercándosele de manera descarada.

También se llevaron la libreta de encargos de la sastrería, donde efectivamente había algunas direcciones de clientes de Barcelona.

Una semana más tarde, los guardias volvieron a pasar por el establecimiento para saber si la familia había tenido noticia alguna sobre el sastre, y Ramona, que era una mujer más fuerte de lo que podía parecer a primera vista, les espetó, mirándolos a los ojos, que pensaba que eran ellos quienes le iban a decir dónde se encontraba su marido. El guardia de más edad se ajustó el tricornio antes de replicar sin tapujos:

—No se preocupe, que cuando lo pillemos lo sabrá, y me atrevería a decir que será pronto, su vida pende de un hilo.

Lo que no podía esperar Ramona era que Antoni aparecería a los pocos días en su casa mientras ella dormía.

Después de muchas penalidades, Antoni y los que habían huido con él de Sant Sadurní habían logrado llegar a la frontera. Fueron días de miedo y desesperación, al ver el sueño de libertad que fue la República derrotado y abandonado por todos. El fin de la Cataluña autónoma, que después de dos siglos había logrado un Gobierno y un Parlamento propios, hizo llorar a muchos de los que llegaban a Francia. Por el camino vieron hileras de familias enteras muertas de frío, abrigadas con mantas, a pie o sobre carros o carretillas llenas de muebles, colchones, maletas..., la vida entera de aquella pobre gente amontonada de mala manera, mientras las bombas caían a su alrededor, en medio de la angustia y la incertidumbre. Eran imágenes que hicieron que a Antoni se le rompiera el alma. Pensaba en Ramona y en los niños, pensaba en cuánta razón había tenido su mujer al negarse a partir con él, oliéndose lo que podía pasar, la odisea inhumana que les esperaba. Vio a una mujer muy mayor, de unos ochenta años, sola y desorientada, sentada en un arcén, y, recordando a su propia madre, sintió cómo se le encogía el corazón.

Al llegar a la línea de la frontera, los gendarmes franceses les hicieron dejar el coche en una cuneta y los pusieron en una cola llena de hombres, mujeres y niños atemorizados, hambrientos y agotados, que también querían entrar en el país vecino. Los policías les dijeron que debían cumplimentar una ficha con sus datos personales y que después los enviarían a un campo de refugiados, seguramente Argelès. A Antoni Lloret el mundo se le cayó encima cuando escuchó que los meterían en una jaula.

—Perdone, pero yo soy un refugiado político y... —exclamó dirigiéndose a un agente, entre indignado por el trato y desbordado por la desesperación que se vivía en aquel rincón del mundo donde se agolpaban familias enteras que escapaban de la represión y la derrota.

—*Allez, allez! Qu'as tu cru? Vas-y, comme tout le monde* —replicó el gendarme, empujándole sin ningún tipo de consideración.

Aquel desprecio, ese «Usted qué se ha creído, pase hacia allá, como todo el mundo», después de dos días sin parar, muertos de hambre y de frío... Los gritos, los llantos de los niños, el vacío en los ojos de las personas mayores. La perspectiva de acabar en un incierto campo de refugiados, con la sombra de aquellos agentes franceses que los trataban como si fueran parias... Todo eso era demasiado para él. No, no se sintió capaz de soportarlo, lejos de sus hijos, de su esposa. De su tierra.

Y de repente decidió volver. Se imaginó cómo sería estar encerrado meses y meses en un campo lleno de gente que lo había perdido todo y lo tuvo claro: volvería a casa como pudiera y se escondería cerca de su familia.

—¿Dónde coño vas? —le dijo uno de sus compañeros cuando lo vio apartarse de la hilera.

—Me vuelvo —le respondió Antoni.

—Estás loco. ¿Quieres volver a casa, después de lo que nos ha costado llegar hasta aquí? —le replicó su compañero de desventuras.

—No quiero morir en un país que no es el mío, en un campo de concentración para derrotados —contestó el sastre mientras se daba la vuelta, temblando de cansancio, de indignación y de miedo.

Los gendarmes no le hicieron caso cuando lo vieron girarse, como si pensaran que, si se fugaba, menos trabajo para todos. Lo que Antoni no quería era malvivir hasta enfermar de añoranza o de miseria en un descampado a doscientos kilómetros de Sant Sadurní. Creía que el régimen franquista no duraría toda la vida y que más pronto que tarde podría volver a pasear por las calles de su pueblo sin temer nada por ser catalanista y republicano. Él no había hecho nada para que lo persiguieran hasta el último suspiro. Era consciente de que no tenía las manos manchadas de sangre, y eso debía ser clave en caso de que, al volver, lo hicieran prisionero.

Si la huida había sido complicada, el regreso resultó una epopeya. Pudo tomar un tren en Figueres en dirección a Barcelona, pero le dijeron que solo podría llegar hasta Girona, ya que los franquistas no tardarían en entrar en la ciudad. Un camionero que transportaba madera lo acercó hasta Mataró. La carretera ofrecía un paisaje desolador, llena de gente que huía, a pie o en bicicleta y carros, tartanas, motos, coches y camiones. Igualmente, había muchos soldados en retirada, la imagen insoslayable de la derrota. Antoni incluso vio algunos furgones oficiales que llevaban documentación de las instituciones republicanas.

El resto del viaje hasta la capital catalana tuvo que hacerlo a pie, escondiéndose cuando veía algún movimiento de tropas. De hecho, llegó a Barcelona coincidiendo con la caída de la ciudad, que inevitablemente también representaba la de Cataluña. La capital capituló el 26 de enero. El fin de la guerra no traería la paz, al contrario: comenzaba la represión de todo lo que tuviera que ver con los ideales republicanos y catalanistas. Y no habría ni piedad ni perdón.

11

«Barcelona para la España invicta de Franco»

El sastre llegó a la ciudad al día siguiente de que la capital catalana fuera ocupada por varias divisiones del Ejército del Norte, dirigidas por el general Fidel Dávila, al que Franco había nombrado ministro de Defensa un año atrás. El militar había nacido en Barcelona hacía sesenta y un años, y había luchado en Cuba antes de ser destinado a Marruecos, donde entró en combate, mérito por el que logró la estrella de cuatro puntas de general. Al proclamarse la República pidió la jubilación y se instaló en Burgos, lo que le permitió participar en la conspiración militar para derrocar al Gobierno legítimo del Frente Popular. Al morir el general Emilio Mola en accidente aéreo cuando iba a supervisar las operaciones contra la ofensiva republicana en La Granja, Dávila lo sustituyó al frente del Ejército del Norte y ocupó Vizcaya, Santander y Asturias, con lo que la guerra se decantó del bando insurrecto. Finalmente, participó en la batalla del Ebro, el último bastión republicano, antes de la ocupación final de Cataluña. Para él, suponía un orgullo especial entrar como vencedor en Barcelona, ya que era la ciudad en la que circunstancialmente nació. Y sobre todo se sentía orgulloso por haber podido hacerlo sin disparar un solo tiro.

En poco más de doce horas, noventa mil efectivos hicieron suya la ciudad sin apenas encontrar resistencia, más allá de algún disparo en la vía Durruti —la actual Via Laietana—, donde tenían su cuartel general los anarquistas, y en algunas barricadas que resistieron en el casco antiguo. No eran ni las tres de la tarde cuando el mando franquista llegó a la plaza de la República —hoy plaza de Sant Jaume— y tomó el control de la Generalitat. Las temidas tropas marroquíes ocuparon Montjuïc, Les Corts, Sants y el Eixample. El cuerpo del Ejército de Navarra se desplegó en la parte alta, de Sarrià a Horta. Y los voluntarios italianos, en Sant Andreu, Sant Martí y Ciutat Vella. En una semana, solo hubo un muerto y diecisiete heridos entre las tropas ocupantes. Los barceloneses vivieron esa invasión en silencio, con mucha tensión y una sensación de vacío. Había miedo a los excesos que pudieran cometer los invasores más radicales. También hubo saqueos de tiendas y almacenes de víveres, pero menos de lo que se hubiera podido pensar, en especial cuando había gente que pasaba hambre y penurias de todo tipo. La sensación de derrota era patente, aunque hubo bastantes ciudadanos que acabaron saliendo a la calle para vivir el fin de la guerra y aplaudieron a las tropas franquistas, especialmente en la Diagonal, donde se concentraron varios miles de barceloneses. A mediodía, la bandera española ya ondeaba en el Tibidabo, Montjuïc, el puerto y los edificios más altos de la ciudad.

A Antoni Lloret nadie le preguntó nada mientras caminaba al abrigo de las calles. La noche había sido tranquila, en contraste con la intensidad del día anterior, en el que se había producido el desplazamiento de las tropas. Mientras avanzaba por el Eixample, vio una ciudad castigada por las bombas criminales de unos, pero también por los excesos revolucionarios de otros. Y sintió una especie de vergüenza íntima al pensar que él había trabajado al lado de algunos radicales como los que habían dejado ese rastro de destrucción y sangre en Barcelona. A pocos metros de un edificio destruido por los proyectiles de la aviación italiana descubrió una iglesia quemada por la locura anarquista. Afortunadamente, un cenetista sensato como Juan García Oliver, que fue ministro de la República, nunca dio la orden de destruir enclaves estratégicos, tal y como habían decidido los responsables de los comités de la CNT-FAI. También la dirección del PCE y la del PSUC llegaron a la conclusión de que era necesario utilizar la trilita para demoler las principales fábricas de la ciudad, las instalaciones portuarias, las centrales eléctricas de la calle de la Mata, la central térmica del Besòs e incluso los túneles del metro. Otra persona con dos dedos de frente como era Josep Serra Pàmies, consejero de la Generalitat y líder del PSUC, se ofreció para coordinar la acción destructiva, y con su dilación consiguió que no se ejecutara ese plan macabro que habría podido destruir una cuarta parte de la ciudad y provocado la muerte de cerca de dos mil civiles. Algunos querían morir matando, querían quemar Barcelona, y por suerte no lo consiguieron.

Pero Antoni no podía saber nada de eso en aquellos momentos de inquietud e incertidumbre. En cambio, le sorprendió que por la mañana hubiera gente que acudiera al trabajo y que incluso alguna tienda abriera sus puertas, como si el régimen no hubiese cambiado. En un quiosco pudo comprar un ejemplar de *La Vanguardia* que solo tenía cuatro hojas, con el siguiente titular: «Barcelona para la España invicta de Franco». Debajo del nombre del periódico había un subtítulo: «Diario al servicio de España y del Generalísimo Franco». Solo había proclamas y propaganda de los vencedores, pero en la última página encontró una nota que le interesó, especialmente porque hablaba de «la entrada de particulares en Barcelona»:

> Siendo criterio del Gobierno que la entrada de particulares en la ciudad no comience hasta la fecha que oportunamente se indicará y las circunstancias marcarán, es absolutamente inútil que nadie se mueva de su residencia actual con la intención de llegar a Barcelona. Solo con un salvoconducto especial, que debe pedirse al Gobierno Civil de la residencia actual del solicitante, se podrá acceder a la ciudad. Igualmente se prohíbe desplazarse a poblaciones cercanas a Barcelona, como Valls, Lérida, Tarragona, etc., con el fin de evitar la congestión de la población.

Una vez leída esta advertencia, Antoni pensó que había tenido suerte de entrar en la ciudad junto con las tropas, porque todavía no habían organizado los controles para supervisar las entradas y salidas de la población, pero también era consciente de que llegar hasta Sant Sadurní no sería precisamente fácil. En medio del desconcierto de las primeras horas, logró llegar hasta el piso de su abogado, Josep Maria Pareja, en la rambla de Catalunya, por debajo de la calle de Aragó.

Antoni le confeccionaba los trajes a Pareja y, a cambio, el letrado le resolvía las cuestiones de papeleo administrativo y los pequeños litigios de su establecimiento. El abogado se quedó sorprendido al ver al sastre en la puerta de su domicilio, pero no dudó en abrirle.

—Antoni, hombre, pero ¿qué haces por aquí? Pasa, pasa.

—Te lo agradezco, Josep Maria, estoy realmente cansado. Si supieras, acabo de llegar de Francia y...

Preocupado al encontrárselo tan desmejorado, delgado y ojeroso, y también por lo que pudieran ver u oír los vecinos, el abogado lo cogió por el brazo para hacerle entrar. Antes de nada, le ofreció un plato de sopa que había quedado del mediodía. Realmente, el hombre tenía cara de no haber comido nada caliente desde hacía días. La mujer de Pareja, que fue a saludar a Antoni cuando lo oyó, les dijo que ya se ocuparía ella de preparar un plato de caldo con carne, y los dejó solos en la sala. El sastre, entre llantos de desesperación, aprovechó para relatar al abogado la fuga y el regreso desde la frontera.

—Antoni, por favor, cálmate, todo se irá arreglando. Tienes que descansar. Ahora lo ves todo negro, pero, cuando duermas un poco, pensaremos qué hacer. De momento, mejor que seas prudente y no te dejes ver por la calle. Serán tiempos convulsos, me temo.

Antoni se comió la sopa en un santiamén, tanta era el hambre que tenía. Con el cuerpo ya templado por el calor del comedor y la comida improvisada, se fue calmando.

—Mira, lo mejor ahora mismo es que te instales en el trastero de la azotea, allí hay una cama en la que podrás descansar. Está algo destartalado, pero servirá. Que te quedes en casa es más difícil, porque vienen visitas y alguien podría sospechar de tu presencia.

Antoni, muy agradecido, le pidió cuarenta y ocho horas de margen para ver qué pasaba en Barcelona y si, como parecía, no había excesivos controles, poder volver a su casa, a Sant Sadurní, donde se escondería el tiempo que hiciera falta. Después de tomar un vaso de vino tinto del Penedès que le pareció la mejor de las libaciones, Pareja lo acompañó hasta el escondite con un par de mantas y le dio una llave para entrar y salir. Se abrazaron. El sastre le dio las gracias por todo, algo más aliviado después de aquellos días infernales, y el abogado se ofreció para lo que lo necesitara y cuando lo necesitara.

Después de tanto trasiego, Antoni durmió de un tirón. Su amigo lo despertó pasadas las nueve de la mañana y le invitó a tomar un café caliente en su piso, ya que no tenía ninguna visita hasta las once. Encendieron la radio para saber qué estaba pasando en la ciudad y, gracias a ello, pudieron escuchar el primer bando del jefe de los Servicios de Ocupación de Barcelona, un organismo de nueva creación que desde ese día se convirtió en la máxima autoridad de la capital catalana. El general de brigada Eliseo Álvarez-Arenas, subsecretario de Orden Público, era el responsable de esta entidad y el que puso voz al bando:

> Nadie crea que por el hecho de que el estruendo de los cañones y el fragor de los combates han precedido a nuestra entrada en Barcelona vaya aquí a ejercerse un derecho de conquista. Nadie suponga que el peso de unos vencedores va a desplomarse sobre los cuerpos débiles de los vencidos. Dejando aparte la obra que la Justicia debe realizar en los culpables de la gran tragedia española y en los criminales responsables de delitos comunes, ni Cataluña ni los catalanes tienen nada que temer de este régimen que hoy se inaugura. [...] Estad seguros, catalanes, de que vuestro lenguaje en el uso privado y familiar no será perseguido; de que vuestras costumbres y tradiciones a través de las cuales expresáis los ricos matices de una raza fuerte y firmemente sensible encontrarán en el nuevo régimen los más calurosos ascensos; de que vuestra economía, piedra angular de la economía española, con la que forma un todo indivisible, será urgentemente reconstruida y Barcelona volverá a ser inmediatamente el emporio de la riqueza y de trabajo que le dio hace siglos el primer lugar del Mediterráneo.

El bando contemplaba también la prevención ante posibles quintacolumnistas, así que ordenaba la requisa de armas, vehículos, imprentas o radioemisoras y anunciaba que cualquier delito en este ámbito se sometería a la jurisdicción de guerra. Igualmente establecía la requisa de toda la documentación oficial, incluida la de los partidos políticos, los sindicatos y todos los servicios de propaganda, y ordenaba registros y detenciones por parte de la jefatura de los Servicios de Ocupación. Además, prohibía explícitamente todas las actividades políticas y sindicales que no se desarrollaran dentro de Falange Española Tradicionalista y de las JONS. Lo único positivo del bando era la voluntad de normalizar la economía barcelonesa, puesto que se ordenaba la reanudación inmediata del trabajo industrial y la intervención de todas las existencias de los comercios para evitar la ocultación de stocks y la especulación sobre los precios de los artículos de primera necesidad.

Algo temerariamente, Antoni quiso salir a ver el clima que se respiraba en el centro de Barcelona. El abogado le recomendó mucha prudencia e incluso le dejó un traje y una corbata para que diera una imagen respetable y no lo detuvieran en la primera esquina.

—Ten cuidado, Antoni, porque cualquiera con un uniforme puede darte un disgusto. Ayer, mientras escuchaba Ràdio Associació, unos soldados que iban Rambla abajo, al oír los altavoces del balcón de la cadena, interrumpieron la emisión de la locutora, Rosalia Rovira, le pidieron que pusiera el himno nacional y, como no lo tenía en la fonoteca, se la llevaron detenida.

El sastre estaba decidido a dar una vuelta, y los buenos consejos de su amigo no le persuadieron. Ya en la calle, observó poco movimiento, pero cuando bajó por el paseo de Gràcia, yendo hacia la plaza de Catalunya, el panorama cambió. Tenía su lógica: los militares estaban ordenando el espacio como un improvisado templo al aire libre para celebrar una misa de campaña ese mismo mediodía del sábado. En el altar había más banderas que velas, más imágenes de Franco que de cualquier santo. Poco a poco, se fue reuniendo gente, y Antoni decidió irse de allí, porque no solo se concentraban feligreses, sino también muchos militares, y podían pedirle la documentación.

La misa debía oficiarla el vicario general, el padre Josep Maria Torrent, y en la primera fila habría un grupo de generales, presididos por el citado Eliseo Álvarez Arenas. También estaba previsto que acudieran algunas de las nuevas autoridades civiles, como el recién nombrado alcalde Miguel Mateu, industrial adicto al régimen y amigo personal de Franco. Finalmente se reuniría mucha gente: había muchísimos hombres de uniforme, aunque también civiles muy arreglados y una muchedumbre de boinas rojas. En las fachadas de los edificios de la plaza había restos de carteles, que habían sido arrancados a toda prisa, donde aún se podían leer algunas consignas revolucionarias que más parecían los restos de un naufragio: «El fascismo no pasará», «Muerte a los traidores», «Resistir es vencer». Unas consignas que la realidad había desmentido de forma rotunda.

Antoni se retiró hacia la Gran Via y, al ver el edificio de la universidad con una enorme bandera española ondeando, la efigie de Franco pintada en la fachada y dos oficiales mirando la ciudad desde el balcón, le sobrevino una profunda sensación de tristeza. Todos los cargos, empezando por el rector Pere Bosch i Gimpera, habían sido destituidos. Mientras pasaba por delante del recinto, casi a la misma hora se firmaba una orden ministerial que instauraba la depuración universitaria, que suponía la expulsión de los profesores nombrados por la Generalitat, incluidas personalidades como el filósofo Jaume Serra i Húnter o el filólogo Pompeu Fabra. Cerca de ciento cincuenta profesores universitarios fueron apartados del claustro, con lo que se perdió una de las generaciones de mayor talento de la historia.

Alrededor de la calle de Aribau, Antoni decidió volver a casa pasando por detrás del seminario, de donde salían decenas de curas que habían ido a buscar sotanas para asistir a misa, después de que hubieran quemado las suyas durante la guerra para salvar la piel. Al llegar a la rambla de Catalunya, subió a pie hasta su escondite de la azotea. Entonces se dijo que saldría esa misma noche hacia Sant Sadurní: al día siguiente podía estar en casa y abrazar a Ramona y a los niños... Le parecía increíble cómo podía echarles tantísimo de menos en tan poco tiempo.

Aprovecharía la oscuridad para marcharse. Escapar por los campos de la Diagonal en dirección al Penedès. Llamó a la puerta de su abogado para decirle que había decidido irse ese mismo atardecer.

—Haces bien, Antoni, haces bien. Justamente acabo de oír por la radio que las autoridades quieren poner en marcha de inmediato un servicio de serenos y vigilantes, y piden que todos los interesados se presenten en el ayuntamiento para poner de nuevo en funcionamiento estos servicios nocturnos de vigilancia.

El sastre tenía claro que, cuanto antes se fuera, mejor para todos, y solo pidió a la mujer de su amigo y benefactor que le preparase un bocadillo para el viaje. Este, mientras su esposa se dirigía a la cocina, fue al dormitorio a buscar unos calcetines gruesos, una bufanda y una gorra negra de lana. Antoni Lloret se lo agradeció, y le preguntó si podía prestarle cuatro cosas más: un mapa de Cataluña, una brújula, una linterna y una mochila.

—Lamento pediros tantas cosas —dijo, tras darse cuenta de que sus peticiones parecían una carta a los Reyes.

—No debes darme las gracias por nada. Estoy contento de poder entregarte todo lo que me pides. Y no te preocupes por devolvérmelo. Ya me lo cobraré en la próxima factura que te pase como abogado de la sastrería.

—Espero pagarla en breve, porque eso querrá decir que todo vuelve a la normalidad.

—Mucha suerte, y vigila. Hay más ojos que nunca mirando por todas partes. No te fíes de nadie que no conozcas y que no sepas cómo piensa. E incluso con estos piénsatelo mucho antes de entregarles tu confianza. Hoy la gente cambia su forma de pensar con la misma facilidad con que se cambia de chaqueta —añadió su amigo, preocupado por lo que Antoni podía encontrarse por el camino antes de llegar a casa.

Con el gorro de lana bien calado y cubierto con la bufanda, amparado en las sombras de una Barcelona en silencio, Antoni se perdió en la oscuridad de la noche, más allá de la calle de Aragó.

12

Las Cortes republicanas, reunidas en una mazmorra

Mientras Antoni Lloret iniciaba la aventura de volver a Sant Sadurní, el periodista Henry Buckley llegaba a Figueres para escribir sus últimas crónicas de la guerra. Los lazos familiares que tenía con Cataluña hicieron que aprovechara al máximo su estancia en nuestro país, algo que al redactor de *The Daily Telegraph* le pareció bien, aunque después de caer Barcelona habían publicado un artículo premonitorio titulado «La República ha perdido la guerra, y España, las libertades», tras el que había poco más que decir.

Días antes, Buckley había conseguido un coche para viajar de Sitges a Figueres, la última parada hasta la frontera. A nadie le puede parecer extraño que durante una alarma de raid aéreo se encontrara a las puertas del refugio de la plaza con Matthews, Forrest —el corresponsal del *News Chronicle*— y Capa. Los tres, sucios y exhaustos, más incluso que él tras trece horas transitando por carreteras secundarias, ya que las principales o estaban cortadas o resultaban infranqueables. Fue Capa quien los convenció de ir hacia la frontera. Habían decidido salir del Majestic a las dos de la madrugada para dar testimonio del éxodo y tomar las últimas imágenes del Gobierno de la República antes de su rendición. Ninguno de ellos logró entrar en el refugio, que estaba a reventar; afortunadamente, la aviación franquista no bombardeó la ciudad.

A los periodistas les había sido imposible encontrar un hotel donde poder cambiarse y dormir, así que acudieron a la Oficina de Propaganda, un pisito no muy grande del centro de la capital ampurdanesa, y, aunque había mucha gente, los cuatro consiguieron un rincón para dejar las cosas y descansar. Al día siguiente intentaron comer en un restaurante reservado al personal sanitario y, después de mucho discutir, consiguieron un triste plato de arroz. Por no haber, no había ni raciones de pan. La gente deambulaba por las calles hambrienta y con la mirada perdida. A cada momento iban apareciendo más personas que querían llegar hasta la frontera. Figueres no podía ofrecer una visión más desalentadora y deprimente.

Por la mañana, tuvieron noticia de que en el castillo de Figueres, en las afueras de la villa, se celebraría la que sin duda sería la última sesión de las Cortes de la República. Buckley pensó que había merecido la pena pasar tantas penalidades para llegar hasta allí: estaba a punto de vivir un momento histórico y convertirse en un testimonio privilegiado de aquellas jornadas. Esto es lo que escribió para su diario:

> ¡Todo aquello era tan extrañamente adecuado! La última sesión de las Cortes de la República se cele-

braba en una mazmorra. La democracia prisionera, la democracia amordazada, la democracia torturada. Qué elección tan sabia, la de ese lugar tétrico, para el último encuentro de los diputados que habían representado y defendido la democracia, antes de que se produjera la diáspora, antes de que la República pasara a ser un capítulo más de la larga —y ciertamente desconcertante— historia de España.

Hacía mucho frío en el castillo de Figueres aquella noche del 1 de febrero de 1939. Hacía frío, pero sobre todo había humedad, una humedad que calaba hasta los huesos y te encogía el alma. En aquellas mazmorras donde estábamos, en los sótanos del castillo de Figueres, habían encerrado a gente de derechas durante la guerra, y antes, a gente de izquierda, después de la huelga general de 1934. Ahora todo estaba silencioso, las paredes recién blanqueadas, esperando el evento que se produciría aquella noche. Era un lugar seguro, a salvo de las bombas de Franco, cuyo ejército empujaba aquella dramática retirada republicana hacia la frontera francesa. Las Cortes españolas se reunían en la noche del día 1 de febrero, tal y como ordenaba la Constitución. Había asistido a la primera sesión que habían celebrado y ahora me disponía a asistir a la última.

Durante la guerra, las Cortes se habían reunido en Madrid, después en Valencia —en ese maravilloso salón que se había decorado con grandes tapices para la ocasión—, después en un monasterio en Montjuïc, e incluso en un banco en Sabadell. Unas Cortes nómadas, unas Cortes perseguidas encarnizadamente por sus amigos, unas Cortes que también habían sido culpables, porque nunca fueron capaces de hablar con voz firme y clara, como el pueblo, sin lugar a dudas, hubiera querido.

El presidente, Diego Martínez Barrio, se sentaba detrás de una mesa cubierta con la bandera republicana. Frente a él, sesenta y tres diputados de los cuatrocientos setenta y tres que tenía la Cámara. Dio la palabra a Juan Negrín, que, al no ser orador, leyó el discurso. Ponía tres condiciones para la paz: en primer lugar, total independencia y autonomía del territorio español. En segundo lugar, garantías para que el pueblo español pudiera escoger su propio destino, y, por último, garantías de que no se perseguiría a los perdedores de la guerra. Hablaba, naturalmente, para la Historia. [...]

Habíamos esperado durante todo el día los bombardeos de Franco en Figueres. Llegaron a la mañana siguiente y mataron a unas sesenta personas. La ciudad, contigua a la frontera francesa, estaba llena de refugiados. Habíamos ido a las oficinas del Gobierno para cumplir con el ritual de la censura, como si esa crónica fuera una más entre los miles que habíamos enviado a lo largo de los tres años de guerra, sobre todo para rendir tributo al equipo de personas que ni tan solo en aquellas circunstancias dramáticas eran capaces de abandonar sus puestos de trabajo. Si ellos estaban, nosotros también.

Realmente, no fue en Figueres donde crucé la frontera y llegué a Francia. Muchas veces, los periodistas nos quejamos de nuestro trabajo y decimos que preferiríamos ser limpiabotas, pero en el fondo estamos encantados con la labor que llevamos a cabo. Sin embargo, hay una historia que hubiera preferido no haber escrito nunca, y es lo que ocurrió el día que llegué a la frontera francesa. Hoy sigo pensando que lo que viví no era real, sino que simplemente fue una pesadilla. Una pesadilla de la que podría despertarme con una buena ducha fría.

El presidente de la Generalitat, Lluís Companys, estaba a poca distancia de la capital del Alt Empordà; concretamente se había refugiado en el Mas Perxers, en Agullana, junto a La Jonquera, con los consejeros del Govern, los parlamentarios y algunos altos funcionarios con sus familias. También los acompañaba el comandante Frederic Escofet con un grupo de Mossos d'Esquadra. El propietario de la masía la había abandonado a principios de la guerra, había huido ante las amenazas de muerte de los milicianos enloquecidos de aquella región. El 2 de febrero, la Generalitat entregó el grueso de su tesorería al Gobierno de la República, lo que fue un gesto patriótico, pero sobre todo una mala idea, dado que dejó sin recursos a las instituciones y a los catalanes en el exilio.

A cambio, el presidente Companys solo había expresado su deseo de atravesar la frontera con las autoridades del Estado y, en principio, se estableció que esto se formalizara el día 5 partiendo juntos desde La Vajol. Pero el presidente del Gobierno español, el doctor Juan Negrín, en un acto de prepotencia impropio del trágico momento que estaban viviendo, se negó. Le parecía que Companys no podía ponerse al mismo nivel que él y no lo permitió. Las relaciones entre ambos Gobiernos no habían sido demasiado buenas y ni siquiera el final de aquella guerra cruel facilitó un acto de compañerismo. A las seis de la mañana cruzaron, camino de Perpiñán, el presidente de la República, Manuel Azaña; el presidente de las Cortes republicanas, Diego Martínez Barrio, y el presidente del Gobierno, Juan Negrín. Dos horas más tarde cruzaron por La Vajol el consejero de Gobernación, Antoni Maria Sbert; el de Economía y Finanzas, Josep Tarradellas, y el de Justicia, Pere Bosch i Gimpera, junto al presidente del Gobierno vasco, José Antonio Aguirre.

Ese mismo día 5, Antoni Lloret ya estaba escondido en el desván de su casa. El suyo era un exilio tan o más terrible que el de los dirigentes republicanos: resultaba un exilio interior en el que solo cabía el silencio, en el que el miedo sería la única compañía de ese hombre leal a sus sentimientos y a su tierra.

13

El misterio de la puerta cerrada

Nadie sabe a ciencia cierta cómo pudo Antoni Lloret cruzar Barcelona y llegar hasta Sant Sadurní, más allá de lo que le comentó a Ramona en una ocasión: que evitó la carretera de Gelida, ya que era la vía más transitada, y atravesó las montañas del Ordal. La necesidad de aferrarnos a la vida hace que seamos capaces de enfrentarnos a los peligros con un coraje que desconocíamos tener, encontrar la salida de los laberintos más enrevesados y más protegidos por los minotauros en todas sus versiones. Tras el periplo de ida y vuelta a Francia y del día y medio en la capital catalana, caminar los más de cuarenta kilómetros que separan Barcelona de Sant Sadurní fue una prueba muy dura para la resistencia de Antoni. Pero, a pesar del frío y la incertidumbre por lo que encontraría al llegar, la imagen de su mujer y de sus hijos le impulsó a andar sin desfallecer durante horas y horas, atravesando caminos, campos y bosques, hasta ver las luces de la villa.

Cuando por fin llegó a su casa ya amanecía y todo el mundo dormía profundamente. Entró como una sombra, intentando no hacer ruido para no despertar a los niños. Se quedó de pie en la puerta del dormitorio, observando cómo dormía su esposa, Ramona, y sintió que estaba donde tenía que estar: con los suyos. Se acercó a la cama y acarició a su mujer, que abrió los ojos, asustada. Antoni le tapó la boca para que no soltara ningún grito que alertara al resto de la familia o a algún vecino. Sin embargo, el corazón se le aceleró como nunca en la vida.

—Madre mía, Antoni, ¡estás aquí! —dijo sollozando y abrazándole como si hiciera años que no lo veía.

Antoni se quedó quieto, muy quieto, en paz. Había estado solo unos días fuera de casa, pero a él le había parecido toda una vida. Lo que había visto de camino a Francia, en la frontera, y después en Barcelona le había afectado mucho. Las esperanzas rotas de tanta gente, la incertidumbre absoluta por el futuro, la violencia que ya se intuía contra los perdedores... En todo esto había ido pensando a lo largo de las horas caminando de vuelta a casa, tiempo suficiente para pensar también en su posible escondite.

Ramona se separó de él una vez que su marido le hubo contado todo lo que había vivido, y lo miró a los ojos con intensidad.

—Escúchame bien, Antoni, sé que te mueres de ganas de abrazar a los niños, pero lo más prudente será que ellos no sepan que has vuelto.

—Ramona, eso no...

—Estos dos días han pasado muchas cosas en el pueblo. Se han llevado a mucha gente, ha habido delaciones, palizas y una violencia que prefiero no recordar. Me da miedo, mucho miedo, que los niños, en su inocencia, revelen sin querer que estás aquí. Sé que te duele no verlos, pero te prometo que están bien. Por favor, hazlo por tu seguridad y por la nuestra —le imploró.

Él, con lágrimas silenciosas mojándole las mejillas, asintió. Se rehízo para decirle a Ramona dónde se escondería. No le costó convencer a su mujer de que era una buena idea construir un escondite en el desván, entre otras razones porque no había alternativa mejor. Ese espacio, suficientemente grande y lleno de muebles, colchones y enseres, era perfecto para convertirse en un refugio. Sobre todo porque allí se guardaban las grandes puertas de hierro originales de la casa, tanto las de la entrada como las de la salida al patio, que, al comprar el inmueble, cambiaron por unas más ligeras y manejables. Las planchas estaban apoyadas en una pared maestra con una puerta, y esta daba a un cuarto de baño alargado que quedaba completamente escondido. Las puertas pesaban como un muerto y hacían falta varios hombres para poder moverlas. En una de ellas había una portezuela con una cerradura sin llave, que simulaba estar inutilizada, pero la familia tenía unas llaves para abrirla, de tal modo que Antoni podría entrar y acceder al lavabo, convertido en una verdadera guarida, sin demasiados problemas, oculto a los ojos del mundo.

Aquella noche, la abuela Dolors se hartó de llorar cuando descubrió que su hijo volvía a estar en casa.

—Antoni, ya pensaba que nunca volvería a verte, que me moriría sin abrazarte —suspiraba aquella mujer fuerte y seca, que se derrumbó de repente, para sorpresa de todos, cuando se reencontró con su hijo.

Las dos mujeres tuvieron que rehacerse rápido de la emoción del reencuentro y se pusieron manos a la obra para acondicionar el escondite y que no faltara nada. Ordenaron un poco el desván, aunque no demasiado, para no dar pistas si había registros. Es más, situaron un armario lleno de ropa frente a las puertas para dificultar aún más cualquier movimiento de las vallas de hierro.

Muchos años después, Antònia, la hija del sastre, escribió una treintena de páginas que son el único testimonio directo de lo que le tocó vivir a su padre desde el final de la guerra y durante los diez años que pasó escondido, pero que no relatan el sufrimiento que soportó en esa etapa. Sí explica que, para que los niños nunca pudieran decir nada de su padre, la madre les dijo que había muerto camino de Francia en una emboscada franquista. Pero, cuando solo habían pasado unos meses de su regreso, la niña descubrió, lista y observadora como era, que papá estaba vivo y que se escondía en el desván de casa.

El testimonio de Antònia, escrito en la etapa final de su vida para poner en orden los recuerdos de infancia y reivindicar la figura de su padre, dice así:

> Los días iban pasando y, al terminar los deberes tanto de la escuela como del taller de sastrería donde ayudaba ordenando cosas, mi hermano, mis primos y yo jugábamos por toda la casa. Pero había un sitio donde, según a qué horas del día, nos estaba prohibi-

do escondernos, lo que despertó mi curiosidad. Dormíamos con mi hermano en dos camas de una habitación amplia del primer piso, de las diversas que estaban distribuidas a un lado del pasillo, al final del cual había una puerta que daba a unas escaleras.

Un día me propuse saber qué caray estaba pasando en casa e hice como que dormía. Pero al oír que la puerta del fondo del pasillo se abría y se cerraba, salté de la cama como una flecha para espiar lo que sucedía. El problema fue que la puerta estaba cerrada por dentro y no podía abrirla. Todo ello hizo aumentar mi curiosidad y, cuando oí chirriar las bisagras de la buhardilla, miré a ver si mi madre estaba en su habitación, y evidentemente no era así. Una vez le pregunté por qué había cerrado la puerta del piso de arriba y me dijo que por precaución, ya que hacían muchos registros por las noches y guardaba cosas que no era necesario que viera nadie.

Otra noche volví a probar si la puerta estaba abierta, y esta vez, para mi sorpresa, la cerradura no ofreció resistencia alguna. Así que la abrí lentamente y sin hacer ruido. Acto seguido subí de puntillas unas escaleras que daban a una segunda puerta. Agudicé el oído y oí un suave rumor de voces: una era la de mi madre, pero la otra también la reconocí... ¡Era la de mi padre! Tuve unas ganas locas de empujar el batiente. De hecho, lo intenté, pero ese segundo portillo, la puerta azul, estaba cerrado con llave. Volví a mi cama y, con los ojos abiertos como platos y el corazón latiendo aceleradamente, no pude dormir hasta bien entrada la madrugada, cuando caí rendida.

Durante horas estuve preguntándome por qué

no nos contaban que nuestro padre estaba vivo y se encontraba en el piso de arriba. No me costó demasiado deducir que era por el riesgo que suponía que lo supiéramos. Seguramente, mi padre quería pasar desapercibido para todos, incluso para sus hijos, por si le delatábamos sin querer. Y me dije a mí misma que no diría nada a nadie de lo que había descubierto, tampoco a mi hermano, Anton. Decidí sin encomendarme a nadie que me callaría como una muerta y así todo seguiría igual para no poner en peligro la vida de mi padre.

Desde ese día, a Antònia se la veía mucho más contenta. Iba a la escuela de las monjas con una sonrisa en los labios e incluso las notas que sacaba empezaron a mejorar. A veces, alguna compañera le espetaba que era la hija de un rojo, y las religiosas hacían comentarios desafortunados sobre su progenitor que la ofendían y provocaban su respuesta airada. Ella sabía que su padre nunca había hecho daño a nadie y que siempre había amado a su familia y a su país.

En una ocasión se peleó con una compañera que habló mal de él y la echaron de clase por alborotar al gallinero. Pero ni ese disgusto, que acabó con un castigo de dos días sin ir a la escuela y la obligación de confesarse para pedir perdón a Dios por su mal genio, logró enfadarla. Era una niña risueña, positiva y de buen trato, que recordaba que en una ocasión su padre le había dicho que solo tenemos una vida, que había que aprovechar todos los momentos buenos y no dejar que las malas jugadas del destino le amargaran a uno el carácter. «Reza a Dios por que tu alegría y tu sentido del humor no te falten nunca, ya que lamentarse no sirve de nada, solo para preocupar a los demás», le dijo un día, y a ella se le quedó grabado en la memoria hasta el punto de que lo reflejó en los escritos que le dejó a su hija.

La reanudación de la vida al terminar la guerra se llevó a cabo más rápido de lo que se pudiera pensar. Seguramente porque había ganas de pasar página. En Sant Sadurní, como en tantas otras localidades catalanas, con el paso de los días se consiguió una cierta normalidad, si bien la represión contra los simpatizantes de la República fue brutal por sus efectos y dilatada en el tiempo. Regresó gente que había huido porque temía por su vida, y otros desaparecieron porque los detuvieron y, en algunos casos, fusilaron.

De hecho, se iniciaron ciento treinta y ocho procedimientos militares contra residentes de Sant Sadurní, de los que ocho fueron ejecutados y setenta y nueve cumplieron condena en la cárcel Modelo en condiciones durísimas. Las persecuciones y humillaciones eran habituales. Se dieron casos de retirada de las cartillas de racionamiento de alimentos básicos a familias comprometidas con la causa republicana, que era una forma de condenarlas a pasar hambre. Por eso la gente era muy prudente a la hora de opinar, no fuese que los castigaran por pensar como pensaban.

El paisaje de los pueblos, también de esa localidad del Penedès, cambió. La simbología franquista estaba presente en todas partes: desde los colegios, donde se cantaba el *Cara al sol* con los escolares en formación militar, hasta el monumento que se levantó en honor de los caídos por Dios y por España, pasando por los nombres de las calles, de tal modo que, por ejemplo, la plaza de la Vila pasó a ser la del Generalísimo. Las banderas, los himnos y los brazos en alto eran la nueva liturgia. El catalán fue proscrito y la Guardia Civil vigilaba que no se le escapara nada, mientras daba cuenta de las denuncias que iban formulando los falangistas y adictos al régimen sobre sus vecinos. El Ateneo Agrícola perdió su nombre para convertirse en el Hogar del Productor, sede de la Delegación Nacional de Sindicatos de la FET y de las JONS. De ahí que las organizaciones juveniles de la Falange ocuparan buena parte de sus instalaciones.

El pueblo vivió unos años de efervescencia religiosa: las iglesias estaban atestadas. Como ha relatado Carles Querol, misas, rosarios, visitas al Santísimo, oficios, novenas, procesiones, santas misiones..., toda una retahíla de actos religiosos mantenían el calor de los católicos saturnienses, es decir, de todo el pueblo, salvo de cuatro ovejas negras que se guardaban mucho de exteriorizar su agnosticismo y su indiferencia, no fuera que lo pagaran caro. Y se dio el caso de que los niños que no habían sido bautizados en los ocho años de República tuvieron que pasar por la pila bautismal por indicación de las autoridades franquistas, civiles y religiosas.

Una de las primeras obras que se llevaron a cabo en la villa fue la reconstrucción del puente de la Estación, que el ejército republicano había volado en su retirada y que se reinauguró a los veinte meses de haberse acabado la guerra. No faltó mano de obra: emplearon a cientos de prisioneros de la Modelo de Barcelona, destinados a realizar trabajos forzados. Los detenidos, en su mayoría pendientes de juicio, eran encuadrados en batallones disciplinarios que trabajaban de sol a sol bajo la implacable vigilancia de los militares.

Mientras todo esto ocurría, Antoni Lloret vivía con la angustia de que lo descubrieran en el desván de casa. Algunos de los momentos más angustiosos fueron los registros, tal y como explica Antònia en sus escritos:

> De vez en cuando, la pareja de la Guardia Civil registraba la casa de arriba abajo. Recuerdo que en una ocasión se presentaron a medianoche y al llegar al desván intentaron mover las puertas de hierro sin éxito y, sospechando que detrás se pudiera esconder mi padre, se pusieron a golpearlas con la culata del mosquetón, mientras gritaban como poseídos: «¡Abran ahora mismo la puerta o la echaremos a golpes!». Era tal el griterío que despertaron a los vecinos. A toda la familia nos sacaron de la cama y volvieron a registrar los dormitorios. De nuevo, un guardia me cogió por el brazo y me exigió a gritos que le dijera dónde estaba escondido mi padre, y yo, muy inocente y con lágrimas en los ojos, le repetí que no sabía nada de mi padre, que había muerto y que nada me gustaría más que poder abrazarlo.

Inspeccionaron la casa no una ni dos, sino cinco o seis veces, en los meses posteriores al final de la guerra.

No encontraron a Antoni, pero descubrieron varias botellas de espumoso e incluso un par de chaquetas confeccionadas por el sastre que se llevaron como botín de guerra. Nunca supieron que este se ocultaba en el desván, aunque uno de los guardias siempre pensó que lo escondían en casa, hasta el punto de que un día, saliendo de la escuela, se cruzó con Antònia y le preguntó:

—¿Cómo se encuentra tu padre?

La niña no supo qué decir, pero ante la insistencia del policía se atrevió a musitar con un hilo de voz:

—Supongo que bien, porque las monjas de la escuela nos han dicho que en el cielo las almas no pasan frío ni calor y que protegen a los seres queridos para que no les ocurra nada malo.

El agente de la Benemérita le respondió:

—Deberías saber, y si no se lo preguntas a las monjas, que la mala gente como tu padre no va al cielo, sino que se quema en el infierno hasta el fin de los tiempos.

La niña no le dejó terminar la frase y se fue calle abajo corriendo, con el rostro enrojecido por la rabia, mientras renegaba en voz baja. De esos disparates que dijo nunca se confesó: pensó que Dios entendería perfectamente que odiara a un hombre que hablaba de su querido padre como si de un delincuente se tratara. Solo por hacerle daño. Para verla sufrir. O, quizá peor, para ver si cometía un error y comentaba algo que pudiera dar una pista para localizarlo. Pues no, nadie le sacaría ni una sola palabra del secreto que ocultaban en el desván de su casa.

La idea de que aquel hombre quisiera que traicionase a su padre, aunque fuese de forma inconsciente, la indignó tanto que giró la cabeza y miró al guardia civil como si quisiera fulminarlo. El agente se sintió profundamente incómodo ante esa mirada lejana, pero se limitó a recolocarse el tricornio y seguir camino abajo, sin decir nada, pensando que una niña que no era todavía ni una adolescente le había plantado cara con una valentía que no habían demostrado hombres como armarios con historias estremecedoras.

14

Una familia descabezada

Un día, las familias de Ramona y Antoni decidieron reunirse en la casa de la calle dels Cavallers para buscar la manera de ayudarles, después de que la guerra hubiera dejado viuda a su pariente (o eso era lo que pensaban) y huérfanos a sus hijos. No había constancia del fallecimiento de Antoni, pero Ramona había esparcido la noticia de que su marido había muerto de forma violenta a manos de un grupo franquista camino del exilio y nadie preguntó mucho más. Sus padres eran gente culta, de derechas y de buena posición, mientras que los padres de Antoni pasaban más estrecheces económicas y, aunque no alardeaban de ello, resultaba evidente que simpatizaban con los republicanos.

En esa asamblea familiar se decidió que quien más dinero tenía —el hermano mayor de su madre— se comprometiera a pagar la educación de los niños, algo que a su mujer no le hizo ninguna gracia.

—Es que yo no sé por qué demonios debemos hacernos cargo nosotros de estos niños. Quién le mandaba a Antoni mezclarse con aquella gentuza del comité, el Murciano, el Ferroviario y toda esa chusma. Se buscó la ruina por ser de izquierdas y querer entrar en política, ¿no se podía haber centrado en su trabajo en la sastrería y ya está? Ahora todo son problemas para vosotros, Ramona —iba diciendo aquella mujer mientras se alisaba la falda y miraba a su cuñada.

La abuela Dolors intervino, airada y harta de tanta hipocresía.

—Oye, nosotros somos familia. Y Antoni bien que veló por todos cuando era concejal y debía callar según qué respecto de vosotros, ¿verdad? Además, aunque sea por caridad cristiana, tú, que eres tan de misa, deberías comportarte más cristianamente, que los niños no tienen ninguna culpa de que su padre perdiera el mundo de vista.

Las palabras de la madre de Antoni actuaron como un bálsamo sobre los ánimos de todos y la familia acordó que de la formación de los dos niños se encargarían las monjas y los hermanos. A Ramona le pareció bien la decisión y agradeció a la familia su generosidad, puesto que era plenamente consciente de que los tiempos no resultaban fáciles para nadie. Era una mujer creyente, que cada mañana hacía que sus hijos dieran gracias a Dios y les mandaba rezar cada noche una oración antes de acostarse.

También se acordó reabrir la tienda de los bajos de la casa y que el marido de su otra hermana, también sastre, fuese un par de veces por semana, según conviniera, para tomar medidas, cortar y probar a los clientes amigos que querían mantenerse fieles a la sastrería de toda la vida, y que eran unos cuantos, por suerte para la familia Lloret. La abuela Dolors, su nuera Ramona y su nieta Antònia ayudarían a coser y a confeccionar los trajes hasta dejarlos a punto. Unos amigos cercanos les cambiaron los cristales del escaparate y pidieron ayuda a unos proveedores de Barcelona de los que habían sido clientes desde hacía muchos años, que se comprometieron a servirles género. Fue la abuela, una mujer valiente y emprendedora, quien se encargó de ir a ver a todo el mundo para poner a punto el negocio. Eran conscientes de que la sastrería no volvería a ser lo que había sido, pero toda la familia pensó que, si se esforzaban, podrían sobrevivir sin angustias y quién sabe si incluso ahorrar algún dinero.

Mientras no se puso en marcha la sastrería, la madre y la abuela Dolors, como otras mujeres del pueblo, empezaron a hacer estraperlo para poder comer. El estraperlo se desarrolló en paralelo al sistema de racionamiento de los alimentos, que estuvo vigente hasta 1952. Las cartillas, que iban con unos cupones, permitieron que la gente no muriera de hambre, pero quien más quien menos se las apañó para completar aquella exigua dieta. Se trataba de un mercado negro que se extendió por el país. Todas las mercancías que llegaban a un pueblo debían pagar un arbitrio en uno de los centros de control establecidos. Para eludir el pago de impuestos, los estraperlistas se las ingeniaban de mil formas para transportar alimentos: construían dobles fondos en las carretas, hacían pasar a chicas por embarazadas o se ceñían cinturones muy apretados al cuerpo. La picaresca se instaló en todas partes: había que hacer lo que fuese para no pasar hambre. La madre y la mujer del sastre Lloret se hicieron unos corsés a medida con los que pasaban de matute arroz, azúcar, maíz o cereales, dependía de lo que encontraran en el mercado negro en cada momento.

La sastrería volvió a abrir un año después de terminar la guerra, lo que permitió que la economía familiar mejorara. Y aunque no pudieron recuperar a toda la clientela de antes, ni mucho menos, sí consiguieron que varios amigos y conocidos les hicieran encargos para ir tirando.

Un buen día, en casa de la familia Lloret aparecieron sorprendentemente abiertas las dos puertas que permitían acceder a la buhardilla y al patio trasero. Antònia lo miró extrañada, porque, aunque había callado el secreto, ahora parecía que no era necesario esconder nada. ¿Qué había ocurrido con su padre? Pues que, después de tanto tiempo en el desván, Antoni había empezado a sentir una ansiedad y una claustrofobia muy grandes. Necesitaba respirar, ver el cielo, trabajar con sus manos. Pisar la tierra y sentirse un poco libre. Ramona había hablado con la familia Torné —unos conocidos con los que los Lloret siempre habían guardado buena relación y que tenían una masía en Sant Llorenç d'Hortons—, algo temerosa de su reacción, pero aún más angustiada por el estado de ánimo de su marido después de tanto confinamiento. Los Torné habían aceptado esconder a Antoni en la casa, a cambio de que les ayudara a trabajar la tierra, y él se sintió revivir después de mucho tiempo.

La buhardilla se quedó sin su ocupante y la masía de Sant Llorenç ganó un nuevo inquilino.

El matrimonio Lloret se vio muy poco en los siguientes meses. La suya era una relación muy difícil, pero sobre todo muy frustrante, tanto para él como para ella. La mujer se refugiaba en la sastrería y en sus hijos, en el trabajo y en la familia. El marido, pasados los primeros días, en los que gozó del aire libre y de ver el cielo y los viñedos, se consumía en una casa ajena, trabajando en el campo y sin nada más que hacer. No era una buena idea pedirle a su patrón de Sant Llorenç d'Hortons que fuera a buscar a su mujer para llevarla hasta la masía, y tampoco era cuestión de que a este le vieran mucho sin poder justificar qué hacía en Sant Sadurní si la Guardia Civil le daba el alto. Como máximo, una vez cada tres o cuatro meses iba a buscarla para llevarla junto a su marido.

Antoni extrañaba la casa, a su familia, el calor de su mujer. Nunca habría pensado, allá en la frontera, en enero del 39, que ese exilio interior se le haría tan duro, tan pesado. Que vivir escondido en las afueras de su casa sería una especie de tortura, tan cerca de los suyos y a la vez tan lejos. Él, que era un hombre tranquilo, sentía impotencia, sentía cómo le hervía la sangre cuando se enteraba, por Ramona o por el dueño de la masía, de los consejos de guerra y los fusilamientos de antiguos compañeros de revolución. Algunos de ellos eran personajes exaltados y con la mirada llena de odio en aquellos años, pero otros eran simplemente padres de familia que lo único que habían hecho era luchar por unos ideales de justicia y de igualdad. Pensando en todo ello, había momentos en los que se sentía morir en vida.

Finalmente, Ramona y Antoni acordaron encontrarse a medio camino de Sant Sadurní y la masía de Hortons el segundo domingo de cada mes, en el claro de un bosque, hiciera frío o calor, para pasar unas horas juntos en una casa medio derruida que se convirtió en el refugio de sus desesperados afectos. Y, mientras, los hijos crecían sin que el sastre pudiera verlos. Una vez, Ramona le llevó un retrato de ella con los chavales que le había hecho el fotógrafo del pueblo, y Antoni se pasó toda la tarde sollozando desconsoladamente con la imagen en blanco y negro de su familia entre las manos. Ella lo consolaba, también con lágrimas en los ojos, con una lástima profunda por su marido, por ella y por sus hijos que crecían sin padre, señalados todavía por demasiada gente. Era todo tan profundamente injusto...

Pasó el tiempo, pasaron los años. El pelo se empezó a teñir de blanco; las arrugas, de la edad y de la pena, surcaban los rostros, y Antoni comenzó a pensar en una posible vuelta definitiva a su vida.

Ya no podía más. Una tristeza que le nacía de muy adentro se le estaba comiendo los ánimos y cualquier rastro de alegría. Él creía firmemente que aquellos a los que había salvado durante la guerra, que fueron varios, podrían suponer el mejor aval para su persona el día que decidiera dejar de esconderse. Y pensaba que ya era hora, que él no tenía delitos de sangre y, si debía hacer caso a lo que había dicho el dictador al término de la contienda, quien no tuviera las manos manchadas de muerte no tenía que temer por su vida. Eso era lo que quería creer, aunque sabía que compañeros suyos que tampoco habían matado a nadie habían sido fusilados por el simple hecho de pertenecer al bando republicano. Olvidaba que la represión franquista no tenía piedad con los perdedores. Y que la memoria es débil, y las personas, a menudo, desagradecidas. Y, a veces, incluso profundamente malas.

Pero Antoni necesitaba salir de la madriguera, o acabaría volviéndose loco, y una tarde en que se pudo reunir con su mujer y su madre en la masía donde trabajaba, después de que el propietario aceptara el riesgo de llevarlas hasta allí, escondidas entre la paja de un carro, les habló de sus planes.

—Ay, Antoni, yo quiero pensar que nuestros vecinos, algunos de los cuales te deben la vida y haber mantenido sus propiedades, serán suficiente aval para que las autoridades respeten tu vida, aunque no tengo claro que no te encierren en la cárcel. No me fío, la verdad.

Él miraba a su mujer con una sonrisa desdibujada, necesitada Ramona como estaba de tener algo de esperanza de recuperar su vida de antes. Ella entendía perfectamente a su marido, pero le daba miedo lo que pudiese ocurrir cuando él saliera de la masía de Hortons.

—Escúchame bien, iré a hablar con el abogado Pareja, en Barcelona —dijo Ramona—. Él sabrá cómo está todo ahora mismo y nos dirá qué debemos hacer. Recuerda que te abrieron ese expediente por responsabilidades políticas, aunque diría que todo aquello lo anularon.

—Sí, querida, Josep Maria te dirá qué pasos tengo que dar para poder volver, y tú recuerda los nombres de las personas a las que ayudé en su día, pueden ser la mejor prueba de mi inocencia.

—Lo haré en cuanto pueda ir a Barcelona, Antoni, pero no nos precipitemos, se están mostrando implacables con todos los que colaboraron con la República, les da igual si lo hiciste desde un cargo político o quemando iglesias y matando religiosos. Créeme, lo estoy viviendo en el pueblo desde hace demasiado. ¡Tanto odio todavía, tantas venganzas y tanta miseria!

Más contundente fue la abuela Dolors, que le dijo a su hijo, bastante alterada, que continuara escondido si quería salvar la piel, ya que la represión era el pan de cada día. Y, para que no se engañara, le recordó que había más de un centenar de vecinos del pueblo en la cárcel Modelo de Barcelona, que otra decena habían sido fusilados en el Camp de la Bota y que la Guardia Civil seguía llevándose a gente de las casas de la villa porque todavía había quien los denunciaba, a pesar de que habían pasado años desde el final de la guerra. La mujer, muy seria, añadió que, si se entregaba o lo descubrían, podrían perder la casa y quedarse sin la sastrería, que era lo que les permitía sobrevivir.

Antoni Lloret escuchó pensativo las palabras de su madre y no insistió en la voluntad de salir a la luz.

Sí pidió a su mujer que hablara con el abogado tan pronto como pudiera, para ver qué posibilidades reales tenía de volver a casa, y que investigara si había alguna denuncia en su contra y, si la había, que intentara saber quién la había puesto para poder defenderse llegado el caso.

Después de aquella conversación, era ya de madrugada cuando regresaron a casa con la misma tartana: debían llegar antes de que el pueblo se despertara para no tener que dar explicaciones a nadie que pudiera verlos. La familia Torné, de Cal Rosendo, se llevaba muy bien con ellos, pero les pidieron que en el futuro, si querían verse, trataran de hacerlo de una forma que no los comprometiera, porque su presencia podía alertar a la Guardia Civil o a algún vecino afecto al régimen.

En aquella ocasión, Antoni le dio a su esposa un pliego de hojas con problemas de ajedrez para su hijo. Antes, cuando estaba en el desván, una vez por semana le hacía llegar uno para que el chico lo resolviera. Ahora desconocía cuándo podría entrar de nuevo en contacto con su familia. Supuestamente se lo hacía llegar «un amigo de su padre» que conocía la afición de Anton.

En los últimos meses, con Antoni lejos de casa, el niño había dejado de jugar con su desconocido maestro. Anton nunca sospechó nada y, si lo hizo, no lo dijo en voz alta. Él practicaba con un amigo del colegio, que sabía bastante y a quien le costaba ganar. Para su padre, el ajedrez fue durante mucho tiempo la manera de relacionarse con él sin ponerse en peligro, de tener un punto de contacto con un crío por quien sentía verdadera devoción, de establecer una incierta complicidad. Guardó los problemas resueltos durante todo el tiempo que estuvo escondido, como si fueran cartas de un amor imposible, solo correspondido por varias letras que eran las casillas del tablero donde su hijo movía las fichas.

El misterio de la puerta cerrada y el reencuentro con su padre, años después del final de la guerra, lo narraba así Antònia en sus memorias:

> Un día como otro cualquiera no se cerraron más las puertas. No entendía nada. ¿Dónde estaba mi padre? Una noche, cuando nos encontrábamos solas la abuela, mi madre y yo, les pregunté qué estaba pasando. Mi madre me contó que papá estaba vivo, algo que ya sabía, y me hizo jurar que nada de lo que me contaran saldría de mi boca. «Estábamos cansadas de tantos registros y de vivir siempre con el alma en un puño. Una familia nos ha escondido a tu padre a cambio de que les ayude en el día a día. Son unos campesinos muy sencillos que tienen un hijo que no puede trabajar en el campo por un defecto de nacimiento y a quien tu padre se comprometió a enseñarle el oficio de sastre.»
>
> Tiempo más tarde, un día que llovía a cántaros, con truenos y relámpagos, entró por la puerta trasera un hombre que iba encima de un carro tirado por un caballo. La abuela, mi madre y yo nos escondimos en el carromato, bajo un montón de paja. Cuando estuvimos algo más lejos pudimos sentarnos en un pequeño banco, bajo la tela que impedía que nos mojáramos. Yo siempre me he asustado mucho con los

rayos y los truenos, pero entendí que aquel era el mejor día para hacerlo. Al cabo de unas horas interminables, llegamos a una barriada de cuatro casas en Sant Llorenç d'Hortons, a poco más de diez kilómetros de Sant Sadurní. En una de esas masías, la de Cal Rosendo, del Torrent Fondo, algo más alejada del resto, nos detuvimos. A pesar de que no se veía nadie, tomamos nuestras precauciones y no bajamos hasta que el carro estuvo en el pajar del caserón, donde habían improvisado un espacio para mi padre.

Al tener los pies en el suelo, me encontré con unos brazos que me levantaban y me apretaban, y una boca que se me comía a besos. Era mi padre, que lloraba como un niño mientras yo sollozaba de emoción sin poder parar. Mi madre se sumó al abrazo, mientras la abuela miraba la escena tapándose la boca con las manos, como si temiera decir todo lo que sentía. Mi padre insistió en que no quería vivir permanentemente escondido, que deseaba ver crecer a sus hijos, que necesitaba, en definitiva, sentirse libre y no ser un proscrito. Le oí decir que no podían acusarlo de nada, que nunca había hecho daño a nadie y que, equivocadamente o no, había trabajado por su pueblo y por su país. Es más, me explicó que había salvado unas cuantas vidas de gente de derechas, ya que un día encontró en el ayuntamiento un listado de nombres de vecinos a los que los matones de la FAI querían asesinar y fue a avisar a quienes pudo encontrar para que huyeran de casa. «Dos de esos asesinos vinieron al día siguiente a la tienda para amenazarme: tenían la certeza de que había sido yo quien los había advertido de que los iban a matar. Y aunque lo negué una, dos, tres veces, no los convencí.» Además, le dijeron que cada semana vendrían a buscar ropa para los combatientes y que lo vigilarían las veinticuatro horas del día. Y que, si volvía a hablar de más, a quien fusilarían sería a él.

El ser humano es capaz de resistir más de lo que pensamos en las circunstancias más hostiles. Pero un buen día, cuando Antoni llevaba más de nueve años escondido, se rompió. Corría el año 1948 y, aparte del sufrimiento por no ver a la familia, otro dolor insoportable no lo dejaba vivir desde hacía días. Sufría de dolor de muelas y, en una de esas ocasiones, la infección fue tan descomunal que estuvo a punto de agujerearle la mejilla. No había calmante que pudiera tranquilizarle. El dolor físico se añadía a un estado de nervios que amenazaba su equilibrio anímico.

Así que su mujer se fue a ver al abogado de Barcelona y le preguntó si conocía a un dentista de confianza que pudiera tratar a su marido. El letrado le dijo que sí y que además tenía la ventaja de que pasaba consulta cerca de su casa, en el Eixample. De hecho, lo llamó desde el despacho, le explicó la situación y concertó una cita. Decidieron que lo vería el domingo siguiente, en el que se jugaba un partido entre el Barça y el Madrid en Les Corts: la gente que no estuviera en el campo se encontraría en casa escuchando el encuentro por la radio, y la policía estaría pendiente de vigilar los alrededores del recinto para que todo estuviera en orden, no en busca de posibles fugitivos.

Y así lo hicieron, involucrando al tío Emili, que ya sabía que su hermano estaba escondido y que fue a buscarlo con su automóvil a la masía y lo llevó hasta la capital, jugándose el pellejo. El dentista trabajó durante un par de horas, prácticamente lo que duró el partido de fútbol. Con la boca dolorida y un montón de medicinas en los bolsillos, Antoni pudo volver en coche hasta el Penedès sin que nadie los detuviera, aunque el viaje se les hizo eterno ante el miedo a que lo descubrieran en un control de la Guardia Civil.

Aquellos días, su hijo Anton asistía a una academia en Barcelona para aprender el oficio de sastre y ya sabía por su madre que su padre estaba vivo. En principio, la familia, equivocadamente o no, pensó que tomar el ferrocarril a diario hacía que fuera muy peligroso que conociera la existencia de su padre, porque nunca se sabe quién te puedes encontrar en un tren y con quién puedes coger confianza. Pero Anton era un adolescente espabilado y, a aquellas alturas, tantos años después de la guerra, tenía todo el derecho a saber que su padre no había muerto huyendo hacia Francia.

La noticia resultó un verdadero impacto, y en un primer momento se quedó sin saber qué decir. Luego reaccionó e hizo un montón de preguntas, entre ellas por qué le habían engañado. Su madre le explicó que porque no querían poner en peligro a su padre y, sobre todo, para evitar que cualquier indiscreción suya pudiera delatarlo.

—Lo peor que podía pasarte en la vida, hijo mío, es que un día te pudieras sentir culpable de haber dado sin querer cualquier pista a los enemigos de tu padre —le dijo Ramona sin tapujos.

Y Anton se quedó desconcertado: no entendía que su madre pudiera desconfiar de él. Poco sabía de la maldad y la miseria moral de algunos de sus vecinos, que acabarían justificando la desconfianza de su madre. Por desgracia, estaba a punto de descubrirlo.

15

La decisión de salir a la luz

El año 1949 empezó mal. El 11 de enero, en la calle de la Legalitat, en el barrio de Gràcia de Barcelona, murió a los veintiséis años Carmen Broto, una prostituta de lujo que había sido la amante de conocidos empresarios, entre otros del estraperlista Julio Muñoz Ramonet, y se decía que, incluso, del gobernador civil. Y un mes más tarde descarriló el tren expreso Barcelona-Madrid, un accidente que provocó cuarenta muertes y del que el régimen franquista culpó a los maquis. Poco después, eran fusilados en la capital catalana cuatro miembros del PSUC y, cuando todavía se palpaba en la ciudad la conmoción por las ejecuciones, se produjo un atentado mortal en la calle de la Marina contra el secretario del Frente de Juventudes, Juan Manuel Piñol Ballester, en que también perdió la vida su chófer. Tres días más tarde, detuvieron a los autores de los hechos, de filiación anarquista.

Pese a todo, Barcelona crecía y empezaba a recibir una creciente inmigración del sur de España. La capital catalana tenía por entonces 1,28 millones de habitantes y un parque de vehículos de

22.500, muy superior al de Madrid. El Barça celebraba las bodas de oro y estaba a punto de iniciarse una época de esplendor del club. La ciudad se transformaba y sus salas de fiesta ofrecían un gran atractivo para quien podía permitirse el lujo de asistir a ellas. Copacabana, La Rosaleda, El Cortijo y Monterrey eran los lugares más privilegiados, donde tocaban conocidas orquestas. Pero ninguna tan prestigiosa como la de Bernard Hilda, un músico judío de origen ruso que pudo escapar de la Francia ocupada por los nazis y que espiaba para los aliados. Hilda llenaba de público La Parrilla del hotel Ritz con su violín mágico y sus azucaradas canciones francesas. Pertegaz era el diseñador de moda que vestía a las hijas de una burguesía que empezaba a ganar dinero con el estraperlo, y el Bridge Club era uno de los lugares donde se hacían apuestas. Los restaurantes donde se comía mejor eran el Finisterre, el Windsor, el Parellada o La Puñalada. Y en el Cercle del Liceu se podían ver personajes populares como el barón de Segur, con su monóculo, el rostro aristocrático y gitano de Albert Puig Palau, o la castiza presencia de Santiago Barceló.

El catalanismo, reprimido sin contemplaciones por el régimen, empezaba a asomar tímidamente la cabeza. La Comisión Abad Oliva, con la complicidad del abad Escarré, intentó publicar, sin éxito, una revista en catalán. Ante la negativa de las autoridades, se decidió imprimir ciclostiladas unas cartas-circulares que superaron los treinta y cinco mil ejemplares.

En este clima, diez años y tres meses después de la entrada de las tropas franquistas en Sant Sadurní y de la ocultación de Antoni Lloret a los ojos del mundo, el abogado Josep Maria Pareja le dijo que tal vez había llegado el momento de volver a la vida pública, de recuperar a su familia y regresar a casa. El hecho de que en ambientes cercanos al régimen circulara el rumor de que Franco podía conceder un indulto con motivo del décimo aniversario de la exaltación del dictador como jefe del Estado fue clave para que le diera esperanzas. No era solo un rumor: algún diario de Madrid se había referido a esta posibilidad, aunque el decreto de indulto parcial no se publicaría en el BOE hasta unos meses más tarde, concretamente el 9 de octubre de 1949. Sin embargo, antes era necesario ser muy prudente y consultar con las autoridades si se le perseguía por algo.

El letrado encargó a Ramona Bertran, la esposa del sastre, que fuera a hablar con el párroco de la parroquia de Sant Sadurní, mosén Lluís Maria Vidal, para que intercediera ante el alcalde, Joan Miró Galofré, y este le confirmara si su esposo podía salir del escondite, volver al pueblo y presentarse ante las autoridades, ya que durante la guerra civil no había cometido ningún delito por el que le pudieran pedir responsabilidades penales. En cualquier caso, si se le imputaban responsabilidades políticas, estas podrían quedar anuladas por el indulto que preparaba el Gobierno. El alcalde conocía perfectamente la situación de Lloret y sabía que no podían atribuírsele delitos de sangre.

Y así lo hizo Ramona, una mañana de abril en la que esperó al cura cuando este salía de la sacristía, después de misa.

—Claro que sí, hija —le dijo el párroco una vez que ella le hubo expuesto la situación, mirándolo a los ojos en una súplica muda—, me consta que él no tiene las manos manchadas de sangre, que no participó directamente en las maldades que hicieron ese grupo de degenerados. Hablaré con el alcalde para arreglarlo, no sufras.

El cura habló con Joan Miró, y este dijo que aceptaba el trato, pero que habría que pactar un día y una hora para que se presentara en la villa. Incluso recomendó que se personara en el consistorio, y no en el cuartel de la Guardia Civil, para dar cuenta de su regreso y hacerlo todo más fácil.

Mosén Vidal fue a ver a la mujer del sastre tras la conversación con el alcalde y le transmitió que podían estar tranquilos, ya que lo había encontrado en muy buena disposición para resolver el caso. Decidieron que Antoni Lloret comparecería el mediodía del domingo 24 de abril de 1949. Ramona lo esperaría en casa e irían juntos al ayuntamiento, que estaba muy cerca.

Sería un momento especial para su hijo, que no había visto a Antoni desde el final de la guerra. El muchacho recuperaría a un padre al que durante muchos años creyó muerto: sería como verlo resucitar. Antònia podría volver a abrazarlo con la misma fuerza que aquella primera vez en la masía del Torrent Fondo. Y Ramona tendría de nuevo un marido con el que almorzar juntos, salir a pasear cogida del brazo e ir a bailar al entoldado durante la fiesta mayor.

La felicidad estaba a punto de entrar en ese inmueble de la calle dels Cavallers después del calvario que había pasado la familia.

16

Un fusilamiento sin balas

Antònia, la hija del sastre, que ya había cumplido veintiún años, dejó escrito que, el domingo en que se presentó su padre, ella acudió a misa «con más devoción que nunca». Contó que, al salir del templo, tuvo un terrible presentimiento: «Mi interior me decía que no iría bien y le dije a mi prometido que quería hablar con el párroco, que aquello no me gustaba y que algo pintaba mal». Llamó a la puerta de la rectoría y fue el mismo párroco quien abrió. La hizo pasar y, al relatarle ella sus miedos, y viéndola muy nerviosa, intentó tranquilizarla explicándole las gestiones que había hecho y el compromiso que el alcalde había adquirido con él para que todo fuese bien y no tuviera que sufrir por el futuro de su padre.

Es posible que el cura creyera firmemente en lo que le había prometido el alcalde y que tuviese claro que buscaría la forma de que el sastre pudiera volver a casa tras su declaración en los tribunales, donde debería explicar qué le había llevado a desaparecer durante una década. Antònia salió de la rectoría pensando que quizá sí que era demasiado sufridora y que su presentimiento tal vez se debía a su desconfianza respecto de todos, acumulada al cabo de los años para no poner en peligro a su padre. Sin embargo, rara vez una premonición ha estado tan justificada.

El primero en traicionar a Antoni Lloret fue el alcalde. Miró lo conocía bien y sabía que no se le podían atribuir actos criminales. Fue él quien recomendó que se presentara en el ayuntamiento en lugar de personarse en la Guardia Civil, y se había comprometido a interceder ante el gobernador civil, al que conocía desde hacía años.

Pero a la hora de la verdad se echó atrás. Tuvo miedo cuando vio que se había corrido la voz por el pueblo y que varios familiares de los fallecidos en el puente del Lledoner y un grupo de falangistas, capitaneados por el temido Pere Jan, se habían presentado a las puertas del consistorio gritando que debía hacer justicia y que los responsables de «la horda roja» debían pagar por tanta sangre inocente derramada. Los gritos, las amenazas y la violencia extrema de ese grupo fueron demasiado para un hombre que no quería problemas, por mucho que supiera de la inocencia del antiguo concejal.

Los falangistas gritaban pidiendo la cabeza de Lloret mientras las viudas de dos asesinados por el comité clamaban justicia. Aquella gente abucheó, amenazó e incluso golpeó con un palo a Antoni, que no se esperaba todo esto y sintió que el mundo se desmoronaba a su alrededor; las piernas le temblaban mientras sentía una ansiedad creciente en su interior, que se añadía a una tristeza inmensa al ver tantísima hostilidad después de diez años.

Miró se encerró en su despacho e hizo un par de

llamadas a Barcelona para ver cómo debía actuar; le dijeron que tuviera cuidado, porque todavía pensarían que quería ayudar a un republicano que seguro tenía las manos manchadas de sangre y que acabaría siendo él quien tendría problemas. Así que, sin ningún escrúpulo, redactó un oficio que condenaba antes de tiempo a Antoni Lloret y firmó un documento con acusaciones durísimas que además no se sostenían en base alguna. Cuando el oficio llegó al cuartel de la Guardia Civil, Lloret se percató de que todo ello había tomado un cariz inesperado.

Muy pronto se dio cuenta de que no saldría vivo de esa trampa que le habían preparado las autoridades de su villa natal. Él, que pensaba que podría volver a vivir como uno más del pueblo, que podría disfrutar de nuevo del calor de la familia y que podría recuperar su oficio de sastre, se vio perdido cuando la Guardia Civil decidió llevárselo y retenerlo en el cuartel. Su abogado, que estaba a su lado aguantando la violencia de la gente que se había congregado en la plaza, insistió en quedarse con él hasta saber qué destino le esperaba, pero la Benemérita le respondió que pasaría la noche en el calabozo hasta que al día siguiente lo llevasen a declarar al juzgado militar de guardia de la Capitanía General de la 4.ª Región Militar, situado en la Rambla de Barcelona.

—Aquí ahora no puede quedarse, señor, pero mañana podrá asistirle ante el juez. Vaya a Capitanía a primera hora y allí le informarán —le comunicó el sargento de la Guardia Civil.

—Josep Maria, gracias por tu apoyo, de corazón. Vete a Barcelona, mañana veremos qué nos encontramos, aquí ya no puedes hacer más —intervino un decaído Antoni, con la mirada perdida.

Se dieron un abrazo y, cuando Pareja salió, le dijo a la esposa de Antoni Lloret que se lo quedaban, pero que confiaba en que en Capitanía lo dejaran libre después de declarar. A la mujer no le hacía gracia que un pequeño grupo de falangistas de camisa azul rondaran cerca del cuartel después de que lo hubieran insultado, abucheado y amenazado en la entrada del consistorio.

—No sufras, Ramona. Mientras esté custodiado por los policías, nadie le hará nada —le comentó el letrado con manifiesta ingenuidad.

—Pero ¿acaso no has visto que se han atrevido a agredirle con una vara? Son mala gente; si pueden, me lo van a matar —contestó la esposa sollozando.

—Solo son cuatro patibularios que se sienten importantes por llevar el yugo y las flechas en el bolsillo de la camisa azul. Si tienes que sentirte más tranquila, a última hora de la tarde pasa por el cuartel para interesarte por él, por si necesita algo. Su reaparición no ha ido como pensábamos y es necesario que prepare en el despacho una buena defensa para mañana. A las nueve estaré en el juzgado militar de guardia —añadió el abogado Pareja.

Lo que tampoco se esperaba Antoni es que el sargento, después de haber leído la comunicación del alcalde, decidiera trasladarlo a Barcelona sin esperar al día siguiente, no fuera que hubiese incidentes en el pueblo a favor o en contra del detenido. Así que pidió un taxi para llevarlo hasta la Rambla, escoltado por una pareja de guardias civiles y un falangista, que, por increíble que parezca, se apuntó a la comitiva; algo totalmente irregular, pero que da fe del peso de la Falange en aquellos años.

Pocos kilómetros después de que el taxi se pusiera en marcha, Lloret pidió si podían detenerse porque tenía ganas de orinar. Pararon el coche cuando llegaron al puente del Lledoner, de infausta memoria por los crímenes allí cometidos en el verano de 1936. Uno de los dos guardias civiles, que llevaba una pistola en el cinto, le amenazó con el arma:

—Ten cuidado. A ti te deberíamos matar igual que los milicianos hicieron aquí mismo con tantos vecinos del pueblo que no comulgaban con sus ideas.

—Yo no tuve nada que ver con todo eso, debes creerme —decía implorando Antoni.

—¿Te crees que somos imbéciles? Eras miembro del comité y concejal del ayuntamiento, al menos no nos tomes por idiotas... ¿Que no tuviste nada que ver? Venga ya, hombre.

Y, después de escupir en el suelo, el guardia civil lo arrodilló, le apuntó con el arma e imitó el ruido de un disparo con la boca: «¡Pum!».

Mientras, el otro agente contemplaba la escena con una morbosidad perversa, sin intervenir, y el falangista se reía ante la absoluta sumisión del prisionero. El sastre estaba aterrorizado. Le temblaban las piernas, un sudor frío se apoderó de su cuerpo y el corazón se le aceleró como nunca. Estuvo a punto de hacérselo todo encima.

El otro miembro de la Benemérita le dijo a su compañero que ya se había divertido lo suficiente y que había que continuar el viaje. Entonces, Lloret intentó lanzarse desesperadamente bajo el viaducto para escapar, pero no lo consiguió, ya que el mismo guardia que lo había humillado lo neutralizó con un placaje que hizo que ambos cayesen al suelo y lo retuvo boca abajo.

—¿Qué pretendes, rata roja? Da la cara, hombre, da la cara. Sé un hombre. ¡Basta de bromas o te meto un par de hostias! —le espetó el agente.

Una vez que se pusieron de pie, el guardia civil que había provocado aquel ensayo de tragedia le retorció el brazo a Antoni como si quisiera arrancárselo. Su compañero le puso las esposas y, agarrándolo por la cabeza, lo hizo entrar en el taxi. El resto del viaje no resultó mucho más plácido, con el falangista increpándolo y recordando los trágicos episodios que se habían producido en aquel puente en el que el sastre había creído que perdería la vida.

A medida que se acercaban a Barcelona, Lloret se percató de que no saldría vivo de aquello y pensó que se había precipitado saliendo del escondite, que había sido un error que pagaría caro. Pero es que no podía más, sin esperanza, enterrado en vida en una masía perdida lejos de casa, sin ver crecer a sus hijos, sin poder abrazar a su mujer.

Llegaron al juzgado militar de guardia de la Capitanía General cuando ya había anochecido. Antes de entregarlo, el falangista que acompañaba a la comitiva quiso llevarlo a la sede de la Falange, en la rambla de Santa Mònica, donde antiguamente se encontraba la sede del Centro Autonomista de Dependientes del Comercio y de la Industria (CADCI). De hecho, el recinto estaba a tan solo unos pasos del juzgado militar. El motivo era hacerle firmar una declaración inculpándose de haber sido cómplice de las ejecuciones a vecinos de derechas del pueblo durante la guerra.

No lo consiguió, pese a la paliza que le dieron allí dentro.

Quien más tarde explicó a la familia que a Antoni Lloret lo habían conducido al local de la Falange antes de declarar en Capitanía fue el taxista Salvador Parera, el hombre que había realizado el traslado.

Entre la documentación que los miembros de la Benemérita llevaban en una carpeta figuraba el oficio que había redactado el alcalde Joan Miró. Quién sabe cuál era su verdadera opinión sobre Antoni Lloret, si lo creía inocente o si tenía ideas oscuras en torno a su participación en el periodo revolucionario durante la guerra, pero lo cierto es que con lo que decía el documento lo más fácil era que lo condenaran a muerte, de acuerdo con las sentencias que le precedían. Había que ser muy miserable para dar garantías para que Lloret saliera del escondite después de diez años oculto, comprometiéndose incluso ante el párroco de que daría la cara por él, para acabar escribiendo un relato que era lo más parecido a una sentencia. El texto, que figura en el archivo del Tribunal Militar Tercero de Barcelona, dice así:

> Que uno de los elementos marxistas más destacados de esta localidad, antes y durante el Glorioso Movimiento Nacional, fue el vecino Antonio Lloret Miquel. Como concejal del ayuntamiento fue uno de los principales dirigentes de la revolución de octubre

de 1934, procediendo a la detención y encarcelamiento de personas de derechas, entre ellas venerables ancianos.

Tras las elecciones del 16 de febrero de 1936, reintegrado en el cargo de concejal del ayuntamiento, contribuyó a la suspensión de la enseñanza religiosa y de la manifestación del culto católico, siendo entusiasta propagador de las ideas marxistas y del desorden.

Al inicio del Glorioso Movimiento Nacional formó parte, simultáneamente, del cargo de teniente de alcalde y de miembro del comité rojo, distinguiéndose como de los más influyentes del citado comité, perteneciente a sus filas hasta la liberación de la villa. Dentro del comité rojo fue uno de los principales organizadores de las milicias marxistas encargadas de realizar los asesinatos y otros actos criminales, realizando registros personalmente en domicilios de personas de derechas.

Es uno de los responsables de los asesinatos, numerosos saqueos, asaltos, apoderamientos, persecuciones, encarcelamientos y otras fechorías en la villa. Las personas asesinadas durante la actuación del comité rojo fueron las siguientes [aquí se incluye la conocida lista de las veinticuatro víctimas mortales saturnienses]. Por el testimonio de gran número de vecinos, es público y notorio en esta localidad que uno de los principales responsables de estos hechos es el detenido Antonio Lloret Miquel.

Al acercarse las Victoriosas Fuerzas del Ejército Nacional, huyó de esa localidad con otros rojos del pueblo, habiendo permanecido ausente y oculto hasta la fecha en que ha comparecido en esa población. Su presencia en la villa ha producido indignación general y un gran número de personas perjudicadas y familiares de los asesinados por la horda roja han comparecido ante esta alcaldía clamando que se hiciera justicia. Es todo lo que tengo el honor de denunciar a V. S. con la entrega del detenido a la fuerza pública.

Dios guarde a V. S. muchos años.

San Sadurní de Anoia, 24 de abril de 1949

Las declaraciones de Antoni Lloret ante el juez militar de guardia, el comandante de Artillería Manuel Risco Bernal, pusieron de manifiesto que estaba muy nervioso por las situaciones vividas en el puente del Lledoner y, supuestamente, en la sede de Falange. Y muy preocupado porque estaba seguro de que no saldría vivo de esa trampa que le habían tendido. Su declaración fue un grito de desesperación por su inocencia.

—¿Por qué ha sido detenido, señor Lloret? —le preguntaron.

—Déjeme aclararle que no he sido detenido, sino que me he presentado voluntariamente.

—¿Qué motivos tenía para presentarse, al cabo de diez años de terminar la guerra, después de haber estado escondido todo este tiempo en su casa como consecuencia de su cobardía al no querer presentarse a las autoridades por haber sido, durante el periodo rojo, miembro del ayuntamiento, en el cargo de tercer teniente de alcalde?

—Por haber sabido que la pena que se me impuso en el Juzgado Civil Especial de Responsabilidades Políticas había quedado sin condena y por quedar a disposición de las autoridades.

—¿Cómo supo de la resolución, señor Lloret?

—Tuve conocimiento de ello cuando mi familia me trajo un documento que así lo decía y que está en manos de la Guardia Civil, al igual que una cédula del año 1939 y una tarjeta de mi abogado.

—¿Usted formó parte del comité rojo de Sant Sadurní?

—No.

—¿Fue uno de los organizadores de las milicias marxistas y participó en registros domiciliarios y en los asesinatos de los veinticuatro mártires de esa localidad?

—Nunca. No, no participé en ninguno —exclamó levantando la voz, para luego bajar la cabeza y mirar al suelo, buscando aislarse de aquel interrogatorio hostil que nunca hubiera imaginado tener que vivir.

—¿Conocía a los señores que fueron asesinados en el pueblo y con alguno de ellos tenía enemistad a consecuencia de la política o el negocio?

—Conocía a algunos, claro, pero no tenía enemistad con ninguno de ellos por ningún motivo —dijo Antoni con un hilo de voz.

Al pedirle que mencionara nombres que pudieran testificar a su favor y que supieran de su actuación directa en el periodo rojo, dijo que para conocer sus buenas acciones debía citar a Saturnino Olivé Torelló, vecino de Sant Sadurní, Salvador Rovira, la esposa de Andrés Hernández —ya fallecido— y Eulàlia Montardit, e hizo constar que al primero le facilitó la fuga de sus primos Fontanals, los cuales, desgraciadamente, después fueron asesinados; al segundo, y esposo de la tercera, le facilitó la huida hasta Barcelona, pero murió en septiembre, por lo que citaba a su mujer, y en cuanto a la última, era prima del asesinado Jacint Oliver, que suplicó a Antoni que intentara averiguar algo sobre la detención de su primo. Lloret acudió al comité, donde le dijeron que no había ningún detenido, aunque posteriormente se enteró de que había sido asesinado; entonces logró un permiso para un coche en el que fueron a reconocer el cadáver. Antoni manifestó que en este reconocimiento los acompañó la señora Santacana, esposa del fallecido.

En ese punto de la declaración, el juez, visto lo nervioso que estaba Antoni, suspendió las preguntas hasta que se rehiciera y dijo que ya continuarían en el momento oportuno.

Curiosamente, en la declaración hay cuatro firmas, pero no consta la de Antoni Lloret. O no estuvo de acuerdo con lo que leyó en el escrito o su estado de nervios hizo imposible que firmara.

Lo que ocurrió en las siguientes horas resulta difícil de saber. Es posible imaginarse el estado de tensión, nervios y desesperación en el que se encontraba. Solo, aislado en una celda, consciente de que nada había salido como esperaba y sin saber cuál sería la siguiente tortura. El franquismo no perdonaba a quienes habían luchado contra ellos, aunque solo fuera por defender la legalidad vigente. Podían pasar los años, pero siempre sería un sospechoso de cualquier delito, un proscrito en su propio país, un derrotado de su patria. Ahora ya lo tenía claro. Había querido tener esperanza, pero lo que había sucedido ese día, primero en el pueblo, después en el puente del Lledoner, en la sede de Falange y ahora en Capitanía, borraba de repente cualquier fe en su futuro. Estaba destinado a no poder volver con su familia, a su casa, a su pueblo. La dictadura era insaciable y no le bastaba haber ganado la guerra, sino que quería recordarlo cada día con la persecución implacable de quienes la habían combatido.

Se le cayó el mundo encima. Se sintió en una pesadilla de la que no podía despertar. Era un hombre sin futuro y con un presente imposible de controlar. Pensó en la muerte como una liberación. No podía ni imaginar lo que sería volver a pasar por los golpes y las vejaciones que había sufrido en la sede de Falange. Y, cuando recordaba el odio en los ojos de sus vecinos, él, que fue su teniente de alcalde, él, que ayudó a salvar vidas y patrimonios, sentía que ya nada tenía sentido. Ni siquiera el recuerdo de su familia lo consolaba, porque ignoraba cuándo podría volver a verlos ni en qué condiciones lo haría.

Después de horas y horas dándole vueltas a qué sería de él, se quedó adormecido, pensando en el día que le había regalado el primer juego de ajedrez a su hijo y como este, con los ojos muy abiertos, iba escuchando lo que le contaba sobre el movimiento de las fichas. Era una imagen que se le había quedado grabada y que le venía a menudo a la cabeza cuando necesitaba fuerza para seguir adelante durante el tiempo que estuvo escondido. Era un momento iniciático, el niño escuchaba con silencio respetuoso, como si su padre le estuviera explicando cómo funcionaba el planeta. Con la imagen de su hijo, perdió el mundo de vista. Todo se había desmoronado y él había perdido las ganas de vivir.

Al día siguiente, 25 de abril de 1949, una mañana gris y lluviosa, el capitán médico del Cuerpo de Sanidad Militar del Regimiento de Infantería Mixto Ultonia número 59 escribía el siguiente certificado después de haber ido a la celda donde había pasado la noche Antoni Lloret y habérselo encontrado sin vida:

> ... el fallecimiento de Antonio Lloret Miquel, de unos cincuenta años, ocurrido hoy en el calabozo de los juzgados militares, a las nueve y media aproximadamente, por *shock* hemorrágico a consecuencia de las heridas que se habría hecho en la región palmar del antebrazo izquierdo, extremo distal, que interesan la piel y profundizan en vasos sanguíneos, originando hemorragia externa. Y para que conste a efectos oportunos y por orden de la Jefatura de la Sanidad Militar, a instrucción del Sr. Juez Militar del eventual número 4 en funciones de guardia, se expide esta certificación en la plaza de Barcelona.

Ante aquella repentina muerte, el juez hizo declarar a los policías militares que se habían encargado de su custodia para saber qué había pasado, y todos hicieron declaraciones muy parecidas. Uno de ellos era Pascual García, la persona a la que la Guardia Civil había entregado el detenido y que debía vigilar la celda a la que lo condujeron. En su comparecencia, explicó que, cuando llegó al juzgado militar, lo cacheó debidamente y no encontró ningún arma, le dejó sus efectos personales, como el tabaco, las gafas de leer y otras de sol, y no notó ninguna anormalidad durante la noche, hasta las nueve de la mañana, cuando efectuaron el relevo del servicio. Nada hacía pensar que tuviera un desequilibrio nervioso o mental. A preguntas del juez, contestó que el detenido no le dijo más que buenas noches cuando cerró la puerta de la celda.

Antonio Espinete, el otro guardia, dijo que relevó al compañero a las nueve de la mañana, se encontró al detenido tumbado tan largo como era sobre el banco de la celda y, observándole una herida en el brazo izquierdo, a la altura de la muñeca, le dijo que se levantara. Al ver que no contestaba, avisó a la farmacia militar. Por este motivo pidió ayuda al también policía militar Ciriaco Catalinas, que ratificó punto por punto la declaración de su compañero.

En el expediente de Antoni Lloret se puede encontrar un inventario de los efectos personales que el sastre llevaba cuando lo condujeron ante el juez militar: un pañuelo fardero, una bufanda de color marrón claro, tres pañuelos de bolsillo, un pantalón gris, una cazadora y seis paquetes de tabaco. También llevaba en los bolsillos unas gafas con estuche, otras de sol partidas por la mitad y con un cristal roto, una cartera vacía, tres pañuelos, medio paquete de tabaco, un billetero con treinta y dos pesetas con noventa céntimos y fotografías, así como dos libritos de papel de fumar marca Jaramago.

Otro documento relevante para entender qué había pasado lo firmó el teniente practicante Ángel Custa, que acudió al calabozo cuando los policías militares lo avisaron de que algo ocurría con uno de los detenidos. Este sanitario manifestó al juez que sobre las nueve y media del 25 de abril fue requerido por uno de los guardias que hacían servicio en los edificios de los juzgados y se personó con el propósito de auxiliar al individuo de referencia, y observó que esta persona se encontraba tumbada sobre el banco en posición decúbito supino, que su cuerpo todavía estaba caliente, pero que no se apreciaban latidos cardíacos, que la reacción de la córnea y del iris estaba abolida, de lo que se deducía que el detenido en cuestión presentaba un estado de muerte aparente.

También fue a declarar el abogado de Antoni Lloret, Josep Maria Pareja, al día siguiente de la muerte del sastre. El letrado manifestó el sábado por la noche que había recibido en su despacho la visita de Lloret, a quien había citado para que le facilitara datos con los que formularía una declaración jurada que pensaba elevar a Madrid a fin de que se le incluyera en los beneficios del indulto y las facilidades que se concedían a los exiliados políticos que volvían a España desde el extranjero. En su caso, aunque no se había ido del país, había permanecido oculto desde el año 1939, temeroso de las consecuencias de un expediente de responsabilidades políticas que se había fallado el 30 de agosto de 1941. Este expediente lo declaraba en rebeldía, con sentencia condenatoria de diez años y la imposición de medidas de embargo sobre sus bienes. Este embargo fue levantado a los tres años, y en 1947 se dejó sin efecto la condena impuesta.

El abogado Pareja añadió que, en contra de su criterio, el señor Lloret quiso presentarse al día siguiente ante las autoridades del pueblo de Sant Sadurní d'Anoia, donde había residido y donde había sido concejal en julio de 1936, por lo que se le había incoado el expediente por responsabilidades políticas. Según lo que le había contado y por referencias fidedignas, él tenía la impresión de que no era responsable de ningún crimen ni delito común, así que pensaba que podía acogerse a los indultos del Gobierno, y con toda seguridad así lo habría declarado la junta constituida en Madrid para la depuración de responsabilidades.

Por eso el letrado pensaba que su cliente se precipitaba presentándose en el ayuntamiento, dado que era preciso hacer previamente todos estos pasos legales, que incluían una declaración jurada del señor Lloret relativa a su actuación en el periodo rojo. Sin embargo, este se negó, «dando claramente la impresión de que estaba poseído de una idea fija y perturbadora, resultado seguramente de la depresión que el hecho de haber estado escondido tantos años le había causado».

Y el abogado acababa diciendo que él se había presentado en Sant Sadurní a instancias de la mujer de Lloret, una vez que supo que lo habían detenido, y que al día siguiente había ido con ella al juzgado militar para interesarse por la situación del detenido, «enterándose de que había puesto fin a su vida, algo solo racionalmente explicable por los efectos de la perturbación que ya le había parecido notar en la entrevista que había tenido con él el sábado».

En el último párrafo de su declaración, a preguntas del juez militar, el abogado manifestó que no sabía explicar cómo pudo esconderse durante tanto tiempo en su domicilio de Sant Sadurní y pasar desapercibido para las autoridades locales, como queriendo decir que estas hacían la vista gorda ya que no era ningún criminal. ¿Qué habría sucedido si Antoni, en su desesperación, no se hubiera precipitado y hubiese regresado al pueblo más adelante, siguiendo las recomendaciones de su abogado? ¿Seguiría vivo? ¿O la maquinaria represiva franquista habría continuado su trabajo sin piedad?

17

El peor recuerdo de toda una vida

En el capítulo cuarto de sus memorias inéditas, Antònia Lloret, cincuenta años después del fallecimiento de su padre, relata en un escrito su recuerdo de la detención, tortura y muerte de este. Su testimonio resulta revelador, aunque hay cuestiones que desconocía, como que su padre declaró en el juzgado militar antes de aparecer sin vida en la celda. Estas son sus palabras, sin tocar ni una coma:

> A partir de este momento pasaré a escribir el peor recuerdo de mi vida. Solo he contado esta historia, y no con toda su magnitud, tres o cuatro veces, ya que al traspasar el punto fatídico, mi voz se negaba y se niega aún a surgir sin romper en un gran llanto, incapaz de continuar mi relato. Puedo asegurar que me va a ser muy difícil contener el dolor intenso que embarga mi corazón en los minutos siguientes. Revivo los hechos como si volvieran a suceder hoy. ¡Y todo ocurrió hace medio siglo! Por primera vez intentaré ponerlo por escrito, si la emoción y las lágrimas me lo permiten.
>
> Cuando se llevaron a mi padre al Ayuntamiento

de Sant Sadurní nos dijeron que podríamos visitarlo, ya que lo trasladarían a otro sitio. Al llegar a dicho lugar, lo primero que vi fue una cortina granate medio abierta, con los principales falangistas del pueblo reunidos a toda prisa para discutir lo que harían con él. Cuando se dieron cuenta de que los miraba, se deslizaron hacia otra sala, pero yo los reconocí a todos y sus rostros se me quedaron grabados en la memoria. Yo sabía que en 1936 los revolucionarios de la FAI habían asesinado a algún familiar de los allí reunidos. Querían vengarse diez años después, aunque mi padre no formara parte de los milicianos. Y las envidias personales acabaron por condenarle, a pesar de no haber hecho nada.

Cuando llegamos junto a mi padre, nos abrazamos muy fuerte y lo primero que me dijo fue: «Hija, quieren que firme un documento lleno de falsedades y yo no lo firmaré. Quieren mi cabeza de una forma u otra. La muerte no me asusta, pero sí las palizas. No dudarán en hacer todo lo imaginable para que reconozca cosas que nunca hice. Sin embargo, te doy mi palabra de que nunca he hecho daño a nadie y que todo lo que me quieren atribuir son calumnias. Bien que lo saben». Entonces, el alcalde se acercó a nosotros y nos dijo: «No sufráis, no le pasará nada». Y yo, con un movimiento rápido, me deshice de los brazos de mi padre, cogí al alcalde por las solapas de la americana y, encarándome a él, le dije en tono de amenaza: «Le juro que si le pasa algo a mi padre vendré a matarlo». Mi padre, al oírme, me agarró por el hombro con amor y me apretó fuerte, diciéndome entre sollozos: «Calla, hija, no digas esas cosas. Los Lloret nunca se vengan. Quiero que lo tengas siempre presente». Entonces nos abrazamos, pero rápidamente los policías municipales nos echaron del consistorio. Yo, desesperada, me fui corriendo a la rectoría y le dije al cura que a mi padre lo iban a matar. El párroco, muy tranquilo, me contestó que estaba equivocada, que le habían dado su palabra de que no le harían daño, como cristianos convencidos que eran. Aquellas palabras, pronunciadas desde la buena fe, no sirvieron para calmarme. Tenía el presentimiento de que a mi padre le habían tendido una trampa de la que no saldría. Y no podía quitarme de la cabeza la visión de esos personajes siniestros y eufóricos ante la aparición pública de mi padre.

El mismo domingo, a las cuatro de la tarde, saltándose todas las normas judiciales, echaron al abogado y al amigo. Y después de que los falangistas del demonio hicieran varias llamadas de teléfono, dieron órdenes de lo que tenían que hacer. Por otra parte, uno de los sujetos, escondido como una sombra chinesca, ya lo esperaba en el lugar de destino. Les pregunté dónde se lo llevarían y solo me respondió: «A Barcelona, a la rambla de Santa Mònica». Su amigo y el abogado enseguida iniciaron gestiones para deshacer toda aquella locura cruel y despiadada. Un complot bien preparado, con dos guardias civiles con instrucciones concretas y directas que lo subieron a un taxi, junto a un falangista que parecía que era quien mandaba. Por cierto, el conductor era su amigo. Mi padre, mirando atrás, se despidió de todo lo que amaba.

Poco después circulaban por la carretera del Ordal y, según el testimonio del taxista, uno de los guardias le dijo: «Hoy pagarás muy caro lo que hicisteis en el 36». Al llegar a un viaducto llamado puente del Lledoner, lo hicieron bajar y le dijeron que orinara por última vez allí donde los de la FAI habían linchado a los inocentes. «Mira bien este paisaje porque no volverás a verlo, como no pudieron hacerlo todos a los que fusilaron aquí. O quizá no hace falta que orines porque te lo estarás haciendo encima.» Puedo imaginarme el sufrimiento de mi padre y el miedo al saberse condenado. El conductor del taxi contemplaba la escena con espanto, pues creía que lo ejecutarían allí mismo. Los guardias lo miraban sin hacer nada y el falangista gozaba intensamente del momento. Y, de repente, el sinvergüenza gritó «pum» antes de echarse a reír, viendo cómo mi padre cerraba los ojos pensando que iba a matarlo. Pero no fue así: lo volvieron a subir al coche y lo llevaron al local de la Falange, en Barcelona.

Mi madre y mi hermano cogieron el tren y se fueron a Barcelona, creyendo que podrían detener a los verdugos. Se plantaron en la sede de los falangistas de la rambla de Santa Mònica y, golpeando con los puños en la puerta, pidieron que les abrieran. Nadie dio señales de vida. Estuvieron muchas horas esperando, pero la puerta no se movió. Impotentes y desolados, regresaron a casa.

Pero en el interior de ese sórdido edificio un hombre sufría la tortura más denigrante que un ser humano puede llegar a soportar. Mi padre se negó a firmar nada. Él hizo honor a la palabra que me había dado. Al día siguiente nos comunicaron que nuestro padre había muerto y que su cuerpo estaba en el depósito del hospital Clínic. Al saberlo, grité de dolor y, como un animal malherido, solo quería vengarme, porque me habían arrancado de los brazos de la persona que más amaba. Fue mi tío quien me cogió fuerte para impedir que saliera de casa e hiciese una locura. No me soltó hasta que, exhausta por los esfuerzos por deshacerme de él y por los bramidos que lanzaba, caí rendida. Dejé de llorar, no decía nada. Solo sentía un rencor que me paralizaba.

Más tarde, fui a casa de mi prometido. Encontré a su madre sentada en una silla, me lancé a sus pies y con la cabeza en su regazo grité: «¡¿Qué nos han hecho?!». También ella había perdido a su padre apenas hacía un mes y me acarició la cabeza antes de decirme: «Llora, desahógate, te irá bien. Y confía en Dios, que Él es quien marca nuestro destino».

Esa misma tarde, todos nos trasladamos al depósito del hospital Clínic. Allí había un vigilante que nos dijo que no nos acercáramos al difunto, pero el hermano de mi madre, mi prometido y yo burlamos la vigilancia y destapamos el cuerpo. ¡Pobre papá! Estaba hecho un lázaro, lleno de moratones por los golpes que había recibido en el pecho, detrás de las orejas, en la nuca, en las manos. En principio, mi tío, que era una persona de derechas, se había creído la versión oficial, según la cual se había suicidado cortándose las venas con los cristales de las gafas. Tras mirarlo bien, quedó convencido de la tortura a la que había sido sometido su hermano político. ¿A quién querían engañar? En un primer momento, el vigilante no reaccionó al vernos junto al cadáver, pero a continuación nos pidió que nos marcháramos, que le estábamos complicando la vida, que allí no podíamos estar. Tuvimos suficiente para darnos cuenta de que lo habían ejecutado.

Al día siguiente de enterarse del crimen cometido contra Antoni Lloret, en Sant Sadurní la gente se indignó. La noticia de su regreso había sido recibida con satisfacción y muchos nos dieron la enhorabuena al saberlo. La alegría duró poco. Los más valientes vinieron a casa para apoyarnos. Muchos nos preguntaron por el día y la hora del entierro, pero les dijimos que no nos dejaban sepultarlo en nuestro nicho porque temían que pudiera provocar una gran manifestación de adhesión a la familia y de rechazo a la fuerza pública. Los vecinos de Sant Sadurní se quedaron asombrados y convencidos de que teníamos por autoridades a unas sanguijuelas con sed de sangre inocente.

El 27 de abril, día de Nuestra Señora de Montserrat, tuvo lugar la inhumación del cuerpo de mi padre en un nicho del cementerio de Sant Andreu, en Barcelona, que nos ofrecieron para su sepultura. A la vuelta a casa recibimos muchas muestras de simpatía y dolor de toda la villa, especialmente del párroco, que, dolido por el engaño, estaba consternado, sin poder acabar de creerse lo sucedido. No le cabía en la cabeza que personas del pueblo que iban a ayudarle a la misa, a hacer catequesis, a leer lecturas religiosas, a llevar a Cristo en la procesión pudieran ser cómplices de aquella muerte.

En la versión de la autopsia, el médico escribió: «Muerte súbita por insuficiencia cardíaca». Al cabo de los años, cuando los socialistas ganaron las primeras elecciones democráticas en Sant Sadurní, los franquistas hicieron desaparecer documentos, fotografías y pruebas que podrían haberlos inculpado. En cualquier caso, poco más podía haberse hecho más que señalar a los responsables de la ignominia. La amnistía les permitió echar tierra sobre esta historia. Y sobre tantas otras.

Y así terminaba este relato, que he podido recuperar gracias a Rosa Rebulà, la hija de Antònia Lloret, que lo guarda en casa como un pequeño tesoro porque es el testimonio que su madre quiso dejar por escrito, por si algún día alguien deseaba saber qué había ocurrido con su padre y cómo lo había vivido la familia. De todos modos, después de leerlo, hay pormenores que no acaban de quedar claros. No se acaba de entender por qué el alcalde pasó de querer ayudar al sastre, como le prometió al párroco, a condenarlo con un escrito-denuncia que fue una verdadera sentencia inculpatoria y que, en el mejor de los casos, habría supuesto una larga condena en prisión.

También tengo dudas sobre dónde lo torturaron. ¿Le golpearon en el cuartel de la Guardia Civil para que se declarara culpable de todas las barbaridades que cometieron los milicianos en el pueblo o estuvo en los calabozos del juzgado militar de Capitanía? Y si no fue ni en un sitio ni en el otro, ¿habría podido ser en la sede de Falange, donde la familia siempre creyó que lo habían llevado desde Sant Sadurní? ¿Realmente Antoni Lloret quiso suicidarse cuando se vio en una situación desesperada, después de haber sido torturado y, sobre todo, al ser consciente de que las autoridades franquistas querían cobrarse una última pieza? ¿Y por qué le dejaron unas gafas con cuyos cristales se hubiera podido cortar las venas en caso de desesperación? Y aún más: ¿por qué no permitieron que su abogado lo asistiera en el juzgado militar, cuando ya le había acompañado al presentarse ante el alcalde?

Resulta imposible encontrar testigos de la época después de tanto tiempo. Pero hay una persona que podía ayudarme a entender qué sucedió realmente en aquellas dramáticas cuarenta y ocho horas de abril de 1949, porque él sí había podido hablar con algunos de los protagonistas, entre ellos, el taxista que condujo a Antoni a Barcelona y el falangista que se coló en el vehículo. Me refiero al historiador Carles Querol, que ha publicado dos libros extraordinariamente documentados sobre Sant Sadurní d'Anoia. En las dos publicaciones, *Retrats* y *Relats republicans*, dedica espacio a la historia de Antoni Lloret, el último represaliado por el régimen en la villa. En el primero se inclina a pensar que «la explicación que consta en la autopsia, "muerte súbita por insuficiencia cardíaca", no fue más que un eufemismo para encubrir ese asesinato» y explica que otra versión que se difundió por el pueblo fue que los verdugos se pasaron de la raya, puesto que las instrucciones no eran en ningún caso matarlo. En el segundo, escrito después de haber encontrado la documentación sobre el caso en Capitanía, viene a desmentir el suicidio, pero esboza la idea de que quizá le fallara el corazón, debido a tantas circunstancias adversas encadenadas que habrían llevado su cuerpo al límite.

Después de buscar un buen rato por internet, encontré el correo electrónico de Querol y le escribí unas líneas en las que le hablaba de mi interés por saber qué había pasado en realidad con el padre de mi suegro, sobre el que quería escribir una historia novelada. Me respondió a las pocas horas, dándome su móvil para que le llamara para hacer cualquier consulta. Gentilmente, se puso a mi disposición para explicarme lo que quisiera y cuando quisiera. Quedamos dos días más tarde en el restaurante Fermí Puig, de Barcelona, y me liberé la agenda pensando que la sobremesa sería larga. Tenía muchas preguntas que hacerle y estaba convencido de que podría responderme a casi todas.

18

Una noche de insomnio

La noche antes de encontrarme con el historiador, me fui a dormir con un ejemplar de *Por quién doblan las campanas* que me llevé de casa de mi suegro. El mensaje de la novela sobre la guerra civil, cuyo protagonista es un profesor norteamericano que viene a España a luchar por sus ideales en las Brigadas Internacionales, queda subrayado por las frases del poeta inglés John Donne, que sirven de epígrafe del libro: «Ninguna persona es una isla; la muerte de cualquiera me afecta, porque me encuentro unido a toda la humanidad. Por eso, nunca preguntes por quién doblan las campanas: doblan por ti».

Mientras releía la historia de Hemingway sobre el personaje de Robert Jordan, al que ordenan volar un puente para evitar el contraataque de los franquistas a la ofensiva de Segovia sabiendo que no va a sobrevivir, pensé que al protagonista de la novela le pasa como al sastre de Sant Sadurní: cuando salió de su escondite y lo detuvieron tenía claro que difícilmente saldría vivo de esa trampa. La diferencia, nada menor, es que la tragedia sucedió diez años después de terminada la guerra, no durante los combates. Pero, llegados a un punto, ambos personajes saben que el destino resulta inevitable, que no puede rehuirse. A menudo, encontramos el destino por caminos que tomamos para evitarlo, como le sucedió al sastre, que dio un paso adelante para ser libre y se encontró atrapado por unas circunstancias que no esperaba. Curiosamente, tanto Jordan como Lloret resultan gravemente heridos, por los explosivos uno, por los golpes recibidos el otro, y ambos piensan en suicidarse como única salida. Ninguno de los dos lo aprueba éticamente, pero se sienten tentados de acabar con la pesadilla a la que se enfrentan.

Definitivamente, me desvelé cuando aún no había empezado a clarear. Daba vueltas y más vueltas a cómo habría sido el último día de la vida del padre de mi suegro y a la soledad que debió de sentir en aquel calabozo de Capitanía. No recuerdo quién escribió que la soledad solo es bella cuando se tiene a alguien a quien contárselo. Pero este no era el caso del sastre, que había podido abrazarse a su familia apenas unos instantes, el tiempo justo de sentir su calor. Podía imaginarlo viviendo su soledad con verdadera angustia. Angustia de no saber si volvería a verlos, de ignorar si acabaría sus días en una celda o quizá meses más tarde, ante un pelotón de fusilamiento. Angustia al recordar las muertes en el paredón de Jaume Ferrer, Francesc Viladoms, Lluís Ferrer o Manuel Vinaixa, las cadenas perpetuas de Napoleó Montagut y otros compañeros del comité que yo había conocido por los trabajos de investigación del historiador Querol. No, Antoni Lloret no se creía capaz de sobrevivir a un encarcelamiento de por vida, y eso si no decidían condenarlo a muerte. Un sudor frío le hizo temblar en aquella celda inhóspita. Él no era un hombre especialmente valiente, si bien había hecho de la dignidad una bandera personal que lo fortalecía en los momentos de debilidad o de duda. Y se agarró desesperado a esta última chispa para no hundirse del todo.

Si hubiera sido un hombre combativo o un activista curtido en mil refriegas, probablemente habría podido sobrevivir al calvario de la jornada. Pero no era su caso: él era un catalanista romántico y un republicano sentimental, que amaba con locura su tierra y creía firmemente en la libertad, la igualdad y la solidaridad. Entró en política no para medrar, ni para sacar pecho, ni para ganar dinero. Entró porque le pareció que era lo que tocaba, una vez proclamada la República, y una vez que Cataluña pudo gobernarse por sí misma. Y nunca había pensado en ser un héroe, ni había hecho nada para convertirse en un personaje. Seguramente, la mayor heroicidad había sido volver desde la frontera para no acabar encerrado en un campo de concentración y, sobre todo, haber resistido una década entera escondido en casa y luego en una masía perdida en el Penedès sin que lo encontraran los franquistas.

No era un superhombre, en realidad solo era un superviviente que había superado una guerra feroz y una paz cruel. La paz era otra cosa, que nada tenía que ver con la represión incesante que amenazaba la vida cotidiana de los derrotados. Y es que en aquella España de posguerra no había paz para quienes no comulgaban con el régimen instaurado por el general de El Pardo y con sus principios inquebrantables, basados en el miedo y el castigo. El dictador nunca hizo ningún gesto de reconciliación con los perdedores de aquella guerra entre hermanos, no fuera a interpretarse como un signo de debilidad.

Me tuve que tomar un Orfidal, pero ni así logré conciliar el sueño. Me terminé el libro de Hemingway y me hizo gracia el hecho de que se hubiera podido cruzar con Antoni Lloret el día que, junto con otros corresponsales extranjeros, paró en Sant Sadurní para comprar unas botellas de cava, camino del frente del Ebro. El escritor había sido una fuerza de la naturaleza, que hizo de su vida una aventura continua y que iba a las guerras para encontrar historias dramáticas que contar, pero seguramente también porque le excitaba el riesgo de vivirlas en primera línea de fuego. Y, en el caso de la guerra española, también porque, desde su antifascismo militante, quiso contribuir con sus crónicas a difundir los ideales republicanos. En una carta de 1951 al profesor de literatura y escritor Carlos Baker, Hemingway se expresaba así respecto a la guerra española: «Había al menos cinco partidos junto a la República. Intenté entender y evaluar a los cinco (muy difícil) y no pertenecí a ninguno [...]. No tenía más partido que un profundo interés y amor por la República [...]. En España tuve y tengo muchos amigos del otro lado. Intenté escribir sinceramente sobre ellos. Políticamente, yo estuve siempre del lado de la República desde el día en que fue declarada y desde hace mucho tiempo».

Lloret era, en cambio, un hombre con voluntad de servicio a los suyos, que amaba profundamente la vida familiar, que encontraba en su taller de sastrería un universo protector y que no entendía cómo una parte de los vecinos del pueblo consideró que eran sus enemigos aquellos que no pensaban como ellos.

El escritor y el sastre eran la cara y la cruz de una misma moneda. Ambos vivieron la guerra de muy distinta manera, aunque compartieran buena parte de sus ideales. Pero los pensamientos de uno volaban muy alto y los del otro viajaban a ras del suelo.

19

Una comida que pareció un interrogatorio

Llegué puntual al restaurante. Carles Querol llevaba ya un rato allí. Se estaba tomando una copa de cava, y yo, después de saludarle, pedí otra para mí. No nos conocíamos, pero yo le había leído a él y él me había leído a mí. Ambos podíamos decir, como Borges, que otros se enorgullecen de lo que han escrito, pero yo me enorgullezco de lo que he leído. A mí me había gustado mucho su investigación sobre la historia de Sant Sadurní durante la guerra civil y él me dijo que seguía mis columnas en el periódico. Nos sentimos cómodos desde que nos dimos la mano, como si nos conociéramos de toda la vida.

Le había contado mi propósito en el correo que le envié y tenía prisa por saber, sobre todo, qué pensaba del episodio que se refería al padre de mi suegro. Me trajo una fotografía de Sant Sadurní de 1949 y un retrato suyo de cuando, en esas fechas, iba al colegio, con solo tres años. Si de la foto del pueblo sorprenden los descampados que había en la villa, de la imagen escolar resulta curioso el decorado de fondo, conformado por un mapa de América y una escultura de la Virgen. También me trajo dos retratos de Antoni

Lloret, uno de cuando tendría poco más de treinta años, donde se le ve muy bien vestido, con americana, chaleco y corbata de flores —toda una modernidad, sin duda—, y otro, quince años después, seguramente de cuando estaba escondido en la masía de Sant Llorenç d'Hortons, donde se le ve desharrapado, con una camisa de rayas y un pantalón oscuro que no parece precisamente hecho a medida. Lo cierto es que podría creer que se trata de dos personas distintas: en una podría ser un artista del cine mudo, en la otra aparenta ser un campesino castigado por muchas horas de trabajo en el campo. De por medio, años de guerra y de exilio interior, de vivir escondido del mundo y con el miedo siempre en el cuerpo. Solo hay un detalle personal característico de los Lloret que puede hacer pensar que se trata de la misma persona: su inconfundible nariz de gancho. Querol también me obsequió con un libro que él mismo había escrito sobre la historia de Sant Sadurní, pueblo del que fue alcalde y concejal por el PSC entre 1979 y 1998. Nadie ha estudiado más y mejor el Penedès: lo sabe casi todo. Y no digo todo porque sigue buscando información sobre su comarca. Es un historiador que no solo tiene el mérito de haber investigado a conciencia, sino que además escribe muy bien.

—He leído que tienes vivo el recuerdo de tu madre gritando de forma arrebatada cuando supo que Lloret había muerto, pero tenías poco más de tres años en aquel entonces —le dije cuando nos sirvieron el primer plato.

—Tenía tres años y tres meses —me respondió

con exactitud de historiador clásico—, y esta tragedia me afectaría profundamente, porque recuerdo a la perfección a mi madre entrando en casa, en la calle de Montserrat, mientras gritaba desesperadamente: «¡Han matado al Lloret, han matado al Lloret!». Es el primer recuerdo de mi vida, que sitúo el 25 de abril de 1949. Cierro los ojos y puedo ver esa imagen, que permanece desde entonces en mi cerebro. Hasta varios años después no supe quién era Lloret, ni que había habido una guerra civil y una terrible posguerra. Siempre he pensado que, sin pretenderlo, mi madre me inoculó el virus de la investigación histórica e, indirectamente, el de la política.

—¿Es por esa circunstancia personal por lo que has dedicado tantas horas a investigar su muerte?

—No solo por eso. Es el último capítulo del drama de la represión local y se produce una década después de terminar la guerra civil. Es cierto que la reanudación de la vida ciudadana se llevó a cabo más rápido de lo que se podría pensar, como si quisiera pasarse la página de la historia lo antes posible. Demasiado dolor en todas partes, demasiadas historias que era mejor no sacar a la luz por parte de mucha gente. Sin embargo, se produjo una importante represión contra los simpatizantes de la República, sobre todo los que pertenecieron a partidos de izquierdas y a los anarquistas, aunque en muchos casos simplemente contra aquellos que de algún modo colaboraron con los rojos. Los vencedores de la guerra mostraron su cara más terrorífica y se produjeron detenciones, encarcelamientos, consejos de guerra y fusilamientos a raudales. Como en todas partes, el franquismo aplicó en nuestro pueblo su metodología para cambiar símbolos, banderas, himnos y usos y costumbres. Se implantó una nueva liturgia para impresionar a los adeptos, deslumbrar a los inocentes y asustar a los tibios. Fueron años duros que cambiaron el paisaje de la villa y en los que se proscribieron las libertades e incluso la lengua. Pero diez años después del fin de la guerra, todo había entrado en una nueva normalidad, algo que, bien mirado, tampoco resultaba garantía alguna. Se puede entender que Lloret pensara que podría reaparecer sin que ello supusiera un alto coste personal. Era solo un sastre y un concejal del pueblo en representación de ERC que no tenía delitos de sangre de los que dar cuentas, aunque había formado parte del comité.

—Entonces, ¿qué hizo que los ganadores de la guerra se ensañaran tanto con él?

—Es posible que el otro sastre del pueblo, a quien las milicias le habían fusilado a un hijo cura, y con quien Antoni Lloret tenía una competencia profesional e ideológica, enardeciera a los falangistas, que se presentaron muy alterados en el ayuntamiento para pedir su cabeza. El alcalde, un hombre de derechas no especialmente valiente, no solo se desdijo del compromiso de ayudarle, tal y como le había prometido al cura del pueblo, sino que, además, forzado por los falangistas, redactó un escrito-denuncia que se convirtió en el peor salvoconducto del que podía disponer. Leyéndolo ahora, y sabiendo lo que sabemos de la trayectoria de Lloret, se trataba de una colección de mentiras que podía llevarlo directamente al matadero.

—¿Con cuáles de los protagonistas de la jornada pudiste hablar al cabo de los años para que te aportaran luz sobre el caso?

—Los testimonios más importantes fueron el de la esposa del sastre, Ramona Bertran, y el de un falangista del pueblo, Santiago Valdeperes, que acompañó a los dos guardias civiles en el alucinante viaje en taxi hacia Barcelona. De todos modos, el relato de este último no resulta creíble. Por ejemplo, no tiene ningún sentido que el lugar escogido por Lloret para orinar fuera exactamente el siniestro puente del Lledoner, donde habían fusilado a un grupo de hombres de derechas al inicio de la guerra, en lugar de hacerlo en cualquier curva del camino. Por lo que dijo el taxista, Salvador Riera, de Cal Xic Maxina, a la familia del sastre, uno de los guardias civiles lo amenazó con matarlo allí mismo.

—¿Crees que lo torturaron en el local de la Falange de las Ramblas? Esto es lo que a mí me ha llegado...

—Es difícil saberlo. El local de la Falange había sido la sede del Centro Autonomista de Dependientes del Comercio y de la Industria, y la familia Lloret pensaba que lo habían llevado allí antes de trasladarlo a Capitanía, que estaba muy cerca. Tanto el conductor del taxi como uno de los guardias civiles que lo acompañaban se lo contaron a la familia poco después. En cualquier caso, o en la sede de Falange o en el calabozo del juzgado militar, alguien lo maltrató, pues tenía signos evidentes de golpes en el cuerpo. Antes de encerrarlo en la celda aquella noche, le dieron duro.

—¿Se puede descartar que se suicidara? —Esa era la pregunta que me rondaba por la cabeza desde hacía muchos días y que necesitaba aclarar.

—No se suicidó, aunque tenía unas heridas en las muñecas que se habría hecho con los cristales de las gafas de sol, que en ningún caso llegaron a cortar vena alguna. Es posible que, en un momento de desesperación, pensara hacerlo. Pero si lo intentó, no se atrevió a llegar hasta el final. No podemos saberlo. En cualquier caso, no me digas que no resulta extraño que a un detenido le dejaran llevar unas gafas con las que podría herirse. No tiene sentido que no se le obligara a dejarlas con el resto de las pertenencias personales en el juzgado militar. En realidad, en el balance de objetos que le hicieron depositar en la consigna figuran dos gafas, unas de lectura y otras de sol.

—Carles, tengo una curiosidad... Cuando fuiste elegido primer alcalde de la democracia en Sant Sadurní, ¿no encontraste documentación sobre esta historia en la sede del ayuntamiento?

—Los socialistas ganamos las primeras elecciones municipales en el pueblo después de cuarenta años de dictadura. La constitución del nuevo ayuntamiento democrático tuvo lugar el jueves 19 de abril. En los archivos del consistorio había pruebas documentales de ese incidente, pero también de otros hechos protagonizados por los franquistas locales. Sin embargo, esta gente, aprovechando el vacío de autoridad entre las elecciones y la formación del nuevo equipo de Gobierno, fueron al trabajo y destruyeron, con la complicidad de dos conocidos funcionarios, documentación que podría comprometerlos. Y ya te digo que no fue solo en Sant Sadurní: en toda Cataluña, en toda España, en los ayuntamientos, las diputaciones y en todo tipo de instituciones se quemaron o destruyeron muchos papeles que podían implicar a mucha gente, gente que tiempo después ha continuado teniendo cargos de responsabilidad política y social. Franco murió en 1975, pero aún tuvimos que convivir durante muchos años con franquistas poderosos que escondieron las barbaridades que hicieron durante tanto tiempo, créeme.

—Eso lo tengo clarísimo, Carles, porque fue así... Oye, ¿y qué se llevaron del ayuntamiento?

—La segunda semana de abril, con la complicidad de dos trabajadores públicos y sin tener conocimiento ni el secretario ni el alcalde accidental, esas personas se llevaron una serie de documentos, libros de actas y fotografías, entre los que figuraban, por ejemplo, la orden de traslado de Lloret y los escritos del juez de guardia militar. Afortunadamente, hemos podido recuperar parte de este material en los archivos de Capitanía, aunque sabemos que los originales los custodiaba el ayuntamiento porque así constaba en el libro de entradas y salidas. Pero aquellos falangistas furtivos debían de tener muy mala conciencia, y quizá mucho miedo, para robar aquella documentación y quemarla de modo que nadie pudiera pedirles ninguna explicación de nada.

—¿Los falangistas del pueblo conservaron durante mucho tiempo su influencia en la vida pública de Sant Sadurní? ¿Me puedes dar nombres?

—El núcleo duro de esos indeseables se mantuvo

muy cohesionado hasta la muerte del dictador. Incluso se da el caso de que algunos de estos personajes se ofrecieron para cerrar el paso a la izquierda con el gesto desafiante de poner sobre la mesa sus pistolas en una reunión de la derecha franquista del pueblo. Los nombres..., eso ya no importa. Sus hijos y sus nietos no tienen la culpa de las miserias de sus antepasados.

Alargamos la conversación más allá de la hora del café. Carles Querol me invitó a pasar por su casa para ver un documento que había descubierto, uno de los últimos hallazgos que serviría para aclarar qué ocurrió en las últimas horas de la vida de Antoni Lloret. Y a mí me faltó tiempo para aceptar la invitación.

20

El resultado de la autopsia

Me intrigaba mucho qué documento podría mostrarme el historiador. Querol me explicó que durante cuarenta años había intentado encontrar, sin éxito, el informe de la autopsia de Antoni Lloret, suponiendo que efectivamente se le hubiera practicado. La familia había podido ver el cadáver en el hospital Clínic de Barcelona, así que acudió al director del centro para que le facilitara el acceso a los archivos. Pero cuando le dijo que se trataba de una autopsia hecha en 1949, este le respondió que los documentos e historiales médicos de esos años se habían destruido hacía bastante a raíz de unas obras de reforma del recinto. Así son las cosas en este país.

No se dio por vencido y meses más tarde pudo acceder al Archivo Militar Territorial Tercero de Barcelona, donde encontró el informe de la autopsia que los capitanes médicos Jesús Martínez Abril y Luis Díaz Gil le practicaron a Antoni Lloret el 26 de abril, es decir, al día siguiente de que lo encontraran muerto en la celda.

El historiador no pudo fotocopiar el documento, pero apuntó todo lo que decía. Y me dejó leer sus apuntes, escritos con buena letra. El resultado de la autopsia ocupa varias páginas y contiene, de forma muy detallada, los comentarios y observaciones tanto del aspecto exterior como interior del cadáver. Sobre la causa de la muerte, en el último párrafo se afirma:

> Por todo lo expuesto, fue una muerte súbita, seguramente por una causa emocional intensa, ya que dicho individuo debía de ser hipertenso, dado que la herida del antebrazo izquierdo, que presentaba al parecer un intento de suicidio, no justifica la causa aparente de muerte por hemorragia externa, ya que no tiene seccionado ningún vaso importante, y creemos que la sangre que pudo perder, a juzgar por lo que se ha encontrado en la autopsia, debía de ser muy poca y no puede justificar en ningún caso su muerte. Fue por una muerte súbita por insuficiencia cardíaca.

—No parece un resultado manipulado o hecho a medida, todo el informe resulta bastante riguroso, ¿no crees? —le dije después de su lectura.

—Pienso como tú, e, intentando encontrar una explicación verosímil de todo lo que pasó a partir de los documentos a los que he tenido acceso y los testimonios que he ido recogiendo al cabo de los años, puedo llegar a suponer que el estado emocional de Antoni Lloret, después de diez años y tres meses escondido, estaría muy alterado —corroboró el historiador—. Se da el caso de que su abogado dijo a Capitanía que ese hombre estaba claramente poseído por una idea fija y perturbadora, causada por la depresión de no ver el fin de su calvario personal. El propio juez militar que lo interrogó la tarde del día 24 tuvo que detener la sesión cuando se dio cuenta de que el detenido era un manojo de nervios, algo perfectamente comprensible después de ver cómo el alcalde le había traicionado y denunciado por hechos que nunca había cometido, cómo los falangistas habían provocado una concentración para pedir su linchamiento, cómo le habían pegado y cómo el viaje a Barcelona se convirtió en un calvario por las amenazas que recibió de uno de los guardias y del falangista que hacía las funciones de comisario político. Luego debieron de venir las presuntas torturas para que afirmara cosas que no hizo, la declaración ante el juez militar y la soledad de la celda... Todo ello seguramente le hizo pensar que acabaría fusilado en el Camp de la Bota, como otra gente de izquierdas de su pueblo.

Si nos parábamos a reflexionar sobre todos los hechos, documentos y testigos, parecía claro que el estado anímico de Antoni debía de ser muy frágil. El interrogatorio del juez militar de guardia se basó en las acusaciones hechas por el alcalde Joan Miró Galofré, con su ignominioso documento de denuncia. Las preguntas giraban en torno a los veinticuatro saturnienses asesinados durante la guerra civil, en cuyas muertes él estaba absolutamente convencido de no haber tenido nada que ver. Es más, el nombre de Antoni Lloret nunca aparece como autor de asesinato alguno en ninguno de los sumarios de los consejos de guerra que se celebraron contra las personas de la villa que fueron condenadas después de la guerra civil. Ni es acusado por nadie, ni siquiera hay ningún testigo que le inculpe de nada. Y esto es importantísimo, pues tiene un carácter definitivo: el abuelo de mi mujer, el padre de mi suegro, no fue culpable de la muerte de nadie, ni directa ni indirectamente. Nadie lo denunció.

Es evidente que, con independencia de la causa última de la muerte de Antoni, la principal es la trampa en la que cayó. El alcalde Miró podría haberse resistido a las ganas de venganza de ese grupo de falangistas sin escrúpulos y ávidos de sangre. Pero se mostró como un hombre débil e irresponsable. Y lo que es peor: culpó a Lloret sin tener ninguna prueba de nada. Fue él quien no solo no le salvó el cuello, como le había prometido al párroco, sino que firmó su sentencia de muerte. Solo hacía falta que hubiera resistido a los gritos y a las presiones de los franquistas y hubiese dado por bueno que desde el 1 de febrero había quedado sin efecto la pena que, en ausencia, le había impuesto el Tribunal Regional de Responsabilidades Políticas el 30 de agosto de 1941. No habría habido embargo de bienes, ni prisión, ni extrañamiento a causa de sus cargos políticos y sus actuaciones durante la guerra. Se trataba de haberlo entregado a un juzgado civil en lugar de a un juzgado militar, y el sastre Lloret habría podido continuar confeccionando trajes a sus conciudadanos el resto de los años que le quedaran y disfrutando de su familia y de su vida.

—Al ponerme a investigar sobre el padre de mi suegro, me preocupaba poder encontrar alguna sombra de culpabilidad sobre su actuación como concejal durante la guerra, pero no he encontrado ninguna, y después de hablar contigo todavía lo tengo más claro —le dije a Carles Querol.

—Yo he dedicado todas las horas del mundo a poner negro sobre blanco lo que ocurrió en el pueblo antes, durante y después del conflicto, y estoy de acuerdo contigo. El padre de tu suegro fue la última víctima de esa guerra, el último drama de la represión local. Y es de justicia decirlo muy alto.

21

Las cartas aparecidas en una caja de cartón

Cuando me planteé escribir este relato, no sabía muy bien lo que iba a encontrar, pero fui tirando de la cuerda poco a poco y pude comprobar la honestidad del protagonista, el terrible calvario que sufrió durante una década escondido y el trágico final de su vida. En algunos momentos quise distanciarme de los hechos para acercarme a la verdad tanto como pudiera y narrarla de la forma más honesta posible. Por suerte, conté con la complicidad de Carles Querol, que corrigió mi disparo cuando no daba en la diana.

Los maestros del oficio dicen que las buenas historias deben sorprender, y creo que en esta historia hay elementos sorprendentes. Pero al llegar al último capítulo tenía la sensación de que me faltaba una aproximación a lo que pensaba Antoni Lloret, el desdichado protagonista de este libro. Y, cuando estaba a punto de acabar el relato, recibí la llamada de Rosa Rebulà, la sobrina del sastre, para decirme que había encontrado una caja de cartón con una treintena de cartas escritas entre 1941 y 1948, es decir, durante el tiempo que Antoni estuvo escondido en Cal

Rosendo, a las afueras de Sant Llorenç d'Hortons, donde ayudaba en los trabajos del campo y enseñaba el oficio de sastre al hijo discapacitado de la casa.

Al leer las cartas se puede comprobar que las escribe como si de una amiga de su esposa se tratara, por si las interceptaban en correos. Las firma con el nombre de Dolors Anomar y dibuja un garabato para hacerlo más creíble. La firma la componen el nombre de la hija que murió de meningitis (y de su madre) y, como apellido, el nombre de su mujer (Ramona) escrito al revés. Nunca se refiere a su hijo hasta las últimas cartas, pero habla del «amiguito». El 17 de abril de 1948 encabeza la misiva con un «amada esposa y familia», seguramente creyendo que el peligro había disminuido y sintiéndose protegido por una disposición franquista que liberaba de responsabilidades a quienes no hubieran cometido delitos de sangre. La carta, firmada —esta vez sí— por Antoni Lloret y fechada en Cataluña, no puede ser más expresiva cuando empieza diciendo:

> Siempre han sido para mí de gran satisfacción tus queridas letras: saben cantar con dulce expresión los sentimientos de corazón de una madre amantísima, de una esposa amorosa, de una hija amada y una hermana querida, al notificarme que tanto de un lado como del otro seguís bien de salud. Es mi mayor alegría ante las privaciones de los aires naturales que todo el mundo necesita para vivir. Yo sigo bien, aunque me doy cuenta de la falta de vista para leer y escribir. Sin gafas no podría hacerlo. Trato de evitar usarlas porque no son apropiadas para mis ojos.

El objetivo central de esta misiva es responder a la voluntad de su hija de aparecer por la masía con su novio para pedirle que bendiga que se casen. Él dice que no conoce al chico, pero que sabe quiénes son sus padres y su familia, y añade que se trata de gente que merece su confianza. Y, como quiere la felicidad de la muchacha, solo desea que la elección sea «moralmente afortunada para gozo de todos».

Reproduzco entera la carta más antigua de las encontradas en la caja por su valor intrínseco. Probablemente es de las primeras que Antoni escribió, poco después de abandonar el escondite de su propia casa, y queda clara su intención, casi obsesiva, de salir a la luz porque no tiene nada de lo que esconderse. Incluso expone un plan para conseguir testigos que avalen que es un hombre de bien, que no hizo daño a nadie y que intentó salvar a más de uno del pueblo cuando supo que los milicianos querían ir a buscarlos. No está claro en quién piensa, pero desea que quien gestione su situación sea un militar conocido de la familia que se encontraría en Vic. La carta, escrita a su mujer, dice así:

Querida amiga:

He recibido tu carta, que me llena de alegría al saber que todos gozáis de buena salud.

Lo que más me duele es que todos vosotros tengáis que pasar penurias y sufrimientos por tu amado y honrado marido. Si yo fuera la solución de vuestros pesares, daría mi vida por dulcificar vuestra existencia, porque no sois merecedores de pasar una vida ingrata como la que os toca vivir por culpa de quienes están contaminados por el diablo. Pero sed fuertes, no os acobardéis, que con la verdad en el corazón y en los labios —y con la ayuda de Dios— aparecerá la claridad en este camino que hoy está oscuro.

Leyendo el contenido de tu carta, ha nacido en mi pensamiento una visión clara que puede ser la clave para desmentir las más incalificables falsedades. Pero necesitarás el consentimiento y la ayuda de todos los familiares para llevar a la práctica lo que te expondré ahora. No será nada fácil conseguirlo, por las pocas posibilidades económicas y porque tampoco sabrán dónde puede estar esa persona con plena autoridad que pueda hacer investigaciones intensas en favor de la verdad, pero ten fe en que saldremos adelante. Dios es nuestra guía y siempre abre nuevos caminos para conseguir lo que parece imposible. Si todos los familiares con un poco de voluntad te apoyan, se te hará más llevadera tu empresa, que debería facilitar la información en beneficio de tu marido el día que se presentara o estuviera en manos de la justicia. Y en este sentido te querría dar unas instrucciones.

Lo que debes hacer en primer lugar es ponerte en contacto con tus parientes, y quien más claro lo tenga que resuelva actuar de la forma más beneficiosa para todos. [...] Hay que buscar a una persona de graduación, si es posible mejor militar, que sea recto y amante de la verdad. Alguien que proceda según la verdadera justicia, que junto con el abogado vengan al pueblo y en primer término visiten a las autoridades como responsables de la información en la villa y les puedan plantear las preguntas que crean necesarias. Como, por ejemplo: «Usted, particularmente, ¿qué debe decir de fulano de tal? ¿Conoce a alguien que pueda aportar alguna información relativa a su actuación? Usted, que vivía en el pueblo durante el tiempo que duró la guerra, ¿sabe si perjudicó a alguien? O, siendo propietario o no siéndolo, ¿conoce a alguien que pueda decir de esa persona que intervino directamente para ofenderle o que se enemistó con él por los hechos ocurridos entre el 19 julio de 1936 y el 21 de enero de 1939?».

Y tanto si dicen que sí como si no, que se les extienda un papel para que firmen sus declaraciones. En el caso de que no quieran firmarlo, podrían comprobar directamente las malas intenciones que tienen los administradores de este pueblo, que solo son capaces de hacer daño en la sombra. Por eso creo que es importante encontrar una superioridad para realizar estas investigaciones, porque solo así no habrá ningún individuo que tenga coraje para mantener sus calumnias. [...]

Consulta a tu cuñado, él podría hacerlo, o, en su defecto, que te diga un conocido apto y de confianza en la superioridad para hacer estas diligencias. Ve tú personalmente a Vic a hablarlo y déjate aconsejar, seguro que él tiene contactos especializados que pondrían el máximo interés y toda su voluntad por recibir las gracias de Dios por su buena acción y por poner la luz de la verdad en manos de la justicia.

Esta persona debe estar revestida de amplias facultades, para que no puedan rehuir su autoridad. Y todos vosotros, llevadlo con la máxima reserva para poder encontrarlos de repente y desprevenidos para el buen desarrollo de sus sagradas funciones.

Yo, querida amiga, hago todo lo que puedo, puesto que has pedido mi consejo. Te doy mi consentimiento para que enseñes estas letras a todas las personas que sean de tu confianza, a fin de que valoren todo su espíritu y puedan interpretar mis nobles sentimientos en favor de la justicia, y para que hagan justicia.

Mi última advertencia también tiene relación con lo siguiente: vela todo lo que puedas para que no hagan firmar a tu madre pagos que sean imposibles. No debemos nada, pero eso no quiere decir que alguien no pueda maniobrar por envidia o codicia y en ese sentido apoderarse de la casa.

Si te soy útil para cualquier cosa, solo tienes que decírmelo. Ya sabes de siempre que puedes disponer de tu querida amiga. Solo con un pequeño mensaje tuyo me pondré en camino para ayudarte. Y, si no tienes necesidad, esperaré a que venga el buen tiempo para poder pasar juntos una temporada.

Recibe de corazón todo el cariño de la que siempre será tu amiga,

Dolores Anomar
11-6-1941

Existen otros datos importantes en las cartas enviadas que han sobrevivido al paso del tiempo. En una misiva de finales de mayo de 1948 ya no se esconde tras el recurso de la «amiguita», sino que habla de «amada madre, esposa e hijos», firma con su nombre y se dirige a su hijo, lo que hace pensar que por entonces, a las puertas de su mayoría de edad, le habrían comunicado al chico que su padre seguía vivo. En la carta escribe que esperan que puedan trasladarse todos el 30 de mayo —se supone que a Sant Llorenç d'Hortons—, que es el día que celebraban su cumpleaños el padre y el hijo, y desea que al año siguiente todos puedan festejarlo «en la mesa, cada uno en su antiguo asiento, disfrutando del gozo familiar de la celebración».

Sobre su hijo habla en una carta de meses antes, pero no se dirige directamente a él, sino a la madre, que le ha contado en su misiva que cuando termina los deberes se dedica a distraerse con el baile o con el ajedrez. Este juego está presente en otras cartas, ya que le envía problemas de ajedrez a su hijo para que los resuelva. En uno de ellos, se disculpa por un error en un peón negro que ha colocado en la posición 2AD cuando no debía estar allí, y muestra su disgusto por el hecho de que su hijo no se haya dado cuenta.

> También podría pensar que un problema a tres jugadas y mate, jugando bien las blancas y las negras, nunca puede resolverse en dos. Entonces no merece tal nombre, puesto que no hay un problema de tres ni de dos; es un disparate impropio de ser presentado. A fin de que no haya más confusiones, le envío el croquis exacto y por escrito. Abrazos para todos.

Las cartas demuestran las ganas de vivir de Antoni, la pasión por la familia, la esperanza de resolver la situación. Al menos, las que han llegado a nuestros días están llenas de ternura y cariño. Y evita referirse a las penalidades que pasaba, más allá de la necesidad de disponer de unas gafas graduadas. Parece como si no quisiera que los suyos cayesen en el desánimo o en la depresión. Una de las cartas escritas en 1946 es un poema que ocupa dos hojas y que termina con estos versos escritos en catalán:

Hace algún tiempo tú me dijiste
que me guardarías el primer baile.
Muy pronto espero disfrutar
y bailar la danza saciados de gallo.
Es necesario que se prepare la orquesta
para el gran baile en el Ateneo.
La pareja preguntará
por la bonita que tengo delante.
Todo tiene su final,
que sea lo antes posible,
que no lo esperen en Navidad,
que lo hagan antes del calor.

El baile entre Ramona y Antoni en el Ateneo no pudo producirse porque los falangistas ganaron una última batalla en Sant Sadurní el 24 de abril de 1949, diez años después de que dejaran de oírse disparos en el pueblo. Todo parecía a punto para que volviese a casa después de cumplir una penitencia de diez años por el único delito de haber sido un republicano de izquierdas.

Pero el franquismo se alimentaba del rencor, no de la misericordia. Apenas dos meses después de la muerte de Antoni, el general Franco visitó las cavas Codorniu. El alcalde Joan Miró, el hombre que le dio la espalda a Lloret, rendía honores al dictador y movilizaba a todo el pueblo para recibirlo entre clamores, si bien no logró que visitara la casa consistorial donde se presentó Lloret pensando que obtendría el salvoconducto para volver y ser uno más de la villa. La prensa de la época dedicó páginas y más páginas a la visita del general, pero cabe decir que la revista local *Juventud Cristiana* apenas le destinó cuatro líneas y lució una portada en catalán, pese a estar editada en lengua castellana. Es posible que el párroco quisiera protestar así, aunque fuera tímidamente, contra ese régimen implacable que había matado a un hombre bueno pocas semanas antes y contra ese alcalde innoble que había roto su promesa.

Epílogo

Y por él tocaron las campanas

A mediados de los sesenta, el premio nobel André Malraux, simpatizante de los republicanos durante la guerra civil española antes de convertirse en un luchador contra la invasión de los nazis en Francia, dio un discurso cuando el Gobierno de su país llevó las cenizas de Jean Moulin, líder de la Resistencia francés, al Panteón. Por entonces, Malraux era ministro de Cultura y hacía más de veinte años que Moulin había sido asesinado después de haber sufrido las torturas de los implacables soldados del ejército alemán. Las palabras que pronunció el escritor iban dirigidas a los jóvenes franceses: «Hoy, juventud del país, pensad en este hombre como si hubierais acercado vuestras manos a su pobre rostro deformado del último día, a sus labios que no hablaron, porque ese día su rostro fue el rostro de Francia».

He querido referirme a este momento y estas palabras porque iban dirigidas a un hombre que luchó por unos ideales y que fue leal a su gente hasta el último día de su vida, lo que acabó convirtiéndolo en un héroe nacional. El sastre Antoni Lloret era un hombre que entró en política para ayudar a su pueblo, por voluntad de servicio a la colectividad, para ser útil a la democracia. Porque tenía esperanzas de que un mundo mejor, más justo para todos, era posible. Nunca pensó en hacerse un hueco en los libros de historia ni en salvar a la humanidad. Pero su tarea era insoslayable: deseaba que la libertad fuera la patria de todos. Era republicano y catalanista. Y tan buen sastre como excelente jugador de ajedrez.

Su muerte fue el resultado de una injusticia, aunque también de una venganza. ¿Venganza? ¿De qué? Lo que debía haber sido el día de su libertad se convirtió en el día de su condena. El alcalde de su pueblo le traicionó y los falangistas quisieron cazar la pieza, diez años después, cuando reapareció a los ojos del mundo. El dictamen que el alcalde hizo para la justicia militar era una condena; quién sabe si hubiera muerto después de que le adjudicara todas las barbaridades que habían perpetrado los milicianos en Sant Sadurní. Él formó parte del comité, cierto, pero no es menos cierto que, en la medida en que le fue posible, intervino para que no se cometieran tantas atrocidades. Poco más pudo hacer si no quería salir malparado él mismo, tanta era la sed de venganza y el odio que corrían por las calles en aquellos días.

Entonces, ¿a qué venía tanta mentira? ¿Tan miserable era el alcalde franquista para entregar a un inocente a las hienas? El último día de su vida, Antoni vio cómo los falangistas de correaje lo golpeaban a las puertas del ayuntamiento; horas más tarde fue objeto de amenazas con un arma en medio de un puente y, finalmente, lo torturaron en Barcelona.

Esto último fue un hecho innegable, ya que la familia vio el cuerpo lleno de morados y contusiones en la camilla del Clínic al levantar la sábana que cubría el cadáver aprovechando un descuido del empleado del Instituto Anatómico Forense que estaba a cargo de la morgue.

Antònia Lloret lo relató en uno de sus escritos, cuando cuenta que su tío, ella y su prometido pudieron burlar la vigilancia para destapar el cadáver de su padre y vieron el cuerpo apaleado. El hermano de su madre, que era conservador, se había creído la versión oficial del suicidio, pero desde ese día no tuvo ninguna duda de que su hermano político había sido torturado y que, directa o indirectamente, eso le había causado una muerte repentina.

Las autoridades hicieron correr por el pueblo la tesis del suicidio, pero no parece una versión creíble: basta con leer el informe de los forenses, que niegan que las pequeñas heridas de las muñecas pudieran haberle causado la muerte, ya que no afectaban a ninguna arteria. Antoni Lloret fue enterrado en Barcelona, ante la sola presencia de los familiares más cercanos, por temor a que se produjera una protesta en la calle.

Sant Sadurní ha crecido mucho desde el final de la guerra. La población se ha multiplicado por cuatro y el cava es un monocultivo —o casi— que le ha dado fama en todo el mundo. Y que, por cierto, provocó una «guerra del cava» en 1996 entre los dos grandes elaboradores, Freixenet y Codorniu. Hoy la propiedad de las dos compañías ya no es de las estirpes de poder de la villa. Freixenet es de una multinacional alemana (Dr. Oetker), y Codorniu, de un fondo de Estados Unidos (Carlyle).

ERC, el partido en el que militó Antoni Lloret, está al frente de la alcaldía, y en la fachada del ayuntamiento se puede leer una placa donde dice que la bandera española está izada por imperativo legal. Entre el cuartel de la Guardia Civil y las dos sastrerías del pueblo (la de Fidel Casanovas, donde acudía la gente de derechas, y la de Antoni Lloret, donde se vestía la gente de izquierdas, pero también muchos propietarios agrícolas que valoraban el buen corte) había apenas un centenar de metros. El cuartel de la calle Sant Antoni ya hace años que se demolió, y en su lugar se han construido viviendas; la tienda de Casanovas la ocupa hoy el Banco de Sabadell y la de Lloret está en venta.

Curiosamente, junto a este último establecimiento hay un antiguo estanco de periódicos, en cuyo escaparate se pueden ver fotografías de cómo era el pueblo en los años treinta y anuncios publicitarios, entre otros, de las dos sastrerías que competían en clientela e ideología. «Fidel Casanovas. Corte y confección elegantísimos», «Sastrería A. Lloret. La Casa más acreditada. Precios sin competencia». También se anuncia, entre otras, la fábrica de «pastas alimenticias La Moreneta», con una gran imagen de la virgen de Montserrat rodeada por espigas de trigo. Se puede ver también el programa de «Ferias y fiestas de San Sadurní de Noia de los días 6, 7, 8 y 9 de septiembre de 1939», con el dibujo de un heraldo a página entera tocando una trompeta y de dos banderas españolas ondeando a su alrededor. Todo esto, un homenaje al mundo de ayer, que diría Stefan Zweig, un hombre que, él sí, se suicidó junto a su esposa Lotte porque no podía soportar el avance de los fascismos que estaban dominando Europa y porque la esperanza parecía haber desaparecido definitivamente del continente.

Los restos de Antoni Lloret i Miquel no descansan en su pueblo, sino en la fosa común del pequeño cementerio de Sant Andreu del Palomar, camposanto donde reposan también los restos mortales de la soprano Montserrat Caballé, a pocos metros de Marta Gaudier, una chica de catorce años que murió en el Liceu por la explosión de una de las dos bombas Orsini lanzadas por el anarquista Santiago Salvador. Mi suegro iba a menudo al cementerio, según supimos después, a hablar con aquel padre muerto al que apenas pudo conocer en vida. No se sabe quién puso un nicho a disposición de su familia. En el cementerio de Sant Andreu hay un panteón militar, con una serie de tumbas compradas por el ejército después de la guerra civil, para los militares que murieran sin recursos. Se podría haber dado el caso de que a la familia le hubieran ofrecido una de esas tumbas para evitar el entierro en Sant Sadurní. Unos años más tarde, sus restos fueron a parar definitivamente al osario.

En cuanto al alcalde Joan Miró, jefe local del Movimiento, la mala conciencia lo persiguió toda su vida por su lamentable actuación el día que Antoni se presentó en el consistorio. Tanto es así que, años más tarde, a la viuda de Lloret le pagó de su bolsillo una operación de vesícula. No debe de ser fácil dormir por las noches pensando que arruinaste la vida a una persona que no te había hecho nada. Ni a ti ni a nadie. Y lo mínimo es cargar una culpa de difícil expiación. Seguramente, la historia lo persiguió hasta el último día. Juraría que fue Michel de Montaigne quien escribió que la conciencia hace que nos descubramos, que nos denunciemos y, a falta de testigos, declara contra nosotros mismos.

Aquellos días en los que el sastre Lloret era llorado por su familia y por sus amigos, Ernest Hemingway era reconocido como héroe y como escritor, condecorado con la Estrella de Bronce por su valentía durante la Segunda Guerra Mundial y por haber estado «bajo el fuego en las zonas de combate con el fin de obtener una imagen precisa de las condiciones en las que se luchaba», lo que permitió «a los lectores tener una imagen vivida de las dificultades y los triunfos del soldado en el frente y su organización en el combate». *Por quién doblan las campanas* fue un bestseller. El título procedía de una de las meditaciones del poeta metafísico John Donne, del siglo XVII, que también podría servir para cerrar esta historia:

> Ningún hombre es una isla entera por sí mismo.
>
> Cada hombre es una pieza del continente, una parte del todo.
>
> Si el mar se lleva una porción de tierra, toda Europa queda disminuida, como si fuera un promontorio, o la casa de uno de tus amigos, o la tuya propia.
>
> Ninguna persona es una isla; la muerte de cualquiera me afecta, porque me encuentro unido a toda

la humanidad. Por eso, nunca preguntes por quién doblan las campanas; doblan por ti.

Como doblaron por un sastre de pueblo que solo aspiraba a vivir en paz con la gente que amaba. Los odios, las venganzas y las miserias, incubados durante años, no se lo permitieron. Demasiadas vidas rotas, demasiado dolor. No, la memoria nunca debería ser un gran cementerio.

Índice